답장이 없으면 슬프긴 하겠다

답장이 없으면 슬프긴 하겠다

가희

| 5만부 기념 연애편지 에디션 |

이별 앞에서 의연할 수 있는 사람이 몇이나 될까요. 하다 못해 연락만 하다가 끝난 사이라고 해도 무척이나 아쉽고 허전할 텐데. 울리지도 않는 휴대폰을 수시로 보게 되고 모르는 번호나 발신제한표시가 되어있는 전화라도 오면 심장이 쿵 하고 내려앉기도 하고 밤에 잠도 잘 오지 않죠. 이런저런 생각이 너무 많아지는 시기에요. 그동안 나눴던 메시지들을 다시 올려다보기도 하고 지키지도 못할 약속을 했던 그 사람을 원망도 해요.

그렇게 원망하다가 또 그리워하고 후회하고 울고. 사실 다들 그러잖아요. 자존심에 말은 못 해도 다들 그렇게 이별 후유증을 겪잖아요. 상대방은 아무렇지도 않은데 나만 이런 건 아닐까 싶은 생각에 더 서러워지는 것조차 똑같아요. 이별 앞에서 의연한 사람은 없어요. 이별한 방식은 각기 다를지 몰라도 이별 후에는 비슷해요. 이별을 말한 사람도 이별을 당한 사람도.

이 책에는 다양한 이별들이 담겨 있어요. 한 사람의 이야기가 아닌 여러 사람의 이별들이요. 누구나 한 번쯤 겪어봤을 수도 있고 앞으로 겪을 수도 있을 그런 이별들을 읽으면서 조금이나마 위로가 될 수 있기를 바랍니다. 세상에 나와 같은 사람이 이렇게 많구나 하면서요. 그러다 너무 슬프면 그냥 쏟아내 버려요. 참는다고 안 슬픈 거 아니니까, 다들 그렇게 살아가니까.

가희 올림

CONTENTS

1. 잊고 싶어도 잊지 못하는

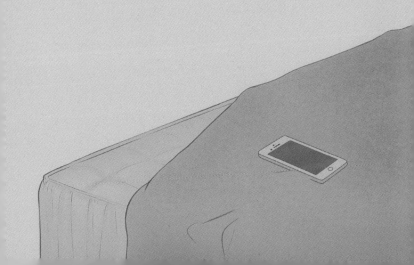

어땠을까

우리가 조금 늦게 만났다면 어땠을까. 그럼 지금 같은 결말은 아니지 않을까. 이렇게 서로의 미숙함을 원망하며 헤어져야 하는 일은 없지 않았을까. 정말 헤어질 사이라서 헤어진 거라는 말이 맞는 걸까. 조금 더 사랑을 알았다면 조금 더 이해심이 깊었다면 우리가 서로에게 처음이 아닌 두 번째, 세 번째 사랑이었다면 더 잘할 수 있었을까. 지금의 나는 아쉬움일까. 맞다면 사랑을 잘 해내지 못했다는 아쉬움인 걸까, 너라는 사람에 대한 아쉬움인 걸까.

이렇게 후회한다고 달라지는 게 있을까. 너는 지금 어떨까. 나처럼 후회하고 있을까 아니면 조금은 후련해하고 있을까. 서로를 사랑할 때 우리는 같은 마음이었을까. 아니, 우리가 했던 모든 것들이 사랑이긴 했을까. 헤어지는 순간 그것들은 전부 거짓이 되어버리는 걸까. 그때 했던 말들도 눈빛들도 온기들도 전부 허공에 흩어지는 것일까. 그렇다면 내게 남은 것은 무엇일까. 이렇게 끝없는 의문만이 남은 걸까. 나빴던 기억들은 점점 흐려지고 좋았던 기억만 선명해지는 것은 왜일까. 미련일까, 그리움일까, 사랑일까.

내가 너에게 사랑한다고 말했다면 우린 어땠을까. 사랑을 말하지 못했던 시간들을 후회하지 않아도 됐을까. 당연하게 우리를 사랑이라 부를 수 있었을까.

언제쯤이면 내가 사랑을 했다 말할 수 있을까.

어떻게 매일 그렇게 연락할
수가 있겠어. 가끔 바쁠 수도
있는 거잖아. 너 자꾸 이러면
나 힘들어.

너 바쁜 거 알겠고 연락이 줄은 것도 이해
는 할 수 있어. 그렇지만 나도 서운할 수는
있잖아. 싸우려고 꺼낸 말이 아니라 혼자
속상해서 그랬어. 연락은 자꾸 줄어들지,
얼굴 보기는 더 힘들어지지. 내가 이렇게
얘기하면 얼른 바쁜 거 끝내고 만나자 나
도 보고 싶다 그렇게 말해줄 줄 알았어. 내
속상함이 너를 힘들게 할 줄은 몰랐네.

읽지 않음

나는 하던 것을 멈추고 네게 답장을 하는 사람,
너는 하던 것을 끝내고 내게 답장을 하는 사람.
이러니 우리가 안 싸울 수 있나.
너는 내게 이해를 바라면서
정작 내 서운함은 이해해보려고 하지도 않았잖아.

이해는 노력할 수 있지만
서운함은 노력한다고 되는 게 아니야.

단지 네가 너무 보고 싶어서 꺼낸 말이었는데.

잘해줄 자신이 없어. 미안해.

이거 봐. 또 이렇게 될 줄 알았어. 이래서 내가 처음부터 시작하지 말자고 했잖아요. 아무도 만나고 싶지 않다고 그렇게 말했잖아요. 원래 기대 같은 거 안 하는 사람을 기대하게 만들어놓고 이제 와서 이게 뭐야. 나는 잘못한 것도 없는데 또 나만 불쌍한 사람 됐잖아요.

읽지 않음

헤어졌다고 하면 지인들이 그렇게 말하겠지.
너는 만나는 사람마다 왜 그러니,
왜 오래가질 못 하니.
대체 뭐가 문제야.

우리가 헤어진 게 내 잘못도 아닌데
나는 또 위축되고 작아질 거야.
내가 이래서 시작하기 싫었던 건데.

또 나만.

결국 이렇게 될 줄 알았으면서.

잘 지내길 바래.

헤어지자면서 잘 지내라니. 이제 와서 너 마음 편하자고 하는 말이잖아. 정말 내가 잘 지내길 바랐으면 버텼어야지. 힘들다고 헤어지자고 그렇게 말해놓고 그런 식으로 죄책감 덜려고 하지 마. 잘 지낼 생각 없어. 매일을 힘들어하고 울고불고 다 할 거야. 그러니까, 너도 잘 지내지 마.

읽지 않음

헤어지자면서 잘 지내라니.
뻔뻔함에 화가 났어요.
내가 지금 누구 때문에 힘든 건데.
그래서 그랬어요.

나한테 아무런 감정이 없다는 그 사람에게 죄책감이라도
심어주고 싶었어요. 그렇게라도 나를 걱정하고 나를 생각
하게 하고 싶었어요. 미안해서라도 내 생각하라고. 나를 잊
고 아무렇지 않게 잘 지내지 않기를 바라면서요.

언젠가 내가 잘 지내는 날이 오면 그땐 네가 잘 지내길 바라줄게. 적어
도 지금만큼은 잘 지내지마. 부디.

홧김에 그런 거야. 진심 아니었어.

너에겐 내가 몇 번이나 헤어지자고 말할 만큼 가벼운 사람인가 봐. 홧김에 나온 네 한마디에 하루 종일을 울어대야 하는 내 생각은 안 해? 이미 나는 너랑 백 번은 더 헤어진 기분이야. 더는 그러기 싫어. 이번엔 정말 헤어지자 우리.

읽음

어떤 것이든 붙였다 뗐다를 반복하면
느슨해지기 마련인데
일방적으로 떼어진 사람 마음은 또 어떻겠어.

언제 떨어질 지도 모르는 채로
벌벌 떨어야 하는 관계
이젠 정말 그만하자.

이번엔 네가 아니라 내가 떼는 거야. 우리 사이를 다신 붙이고 싶지 않
아서.

어쩔 수 없었던 것

길고 긴 연애가 끝났다. 만난 기간이 길었다는 게 아니라
애초에 끝났어야 하는 연애가 길어졌다는 말이었다. 또는
그 사람과 함께 있던 시간이 무던히도 길게 느껴졌다거나
함께 있어도 외로웠던 날들이 더 많았다는 뜻이기도 했다.

아, 우리의 길고 길었던 연애가 끝났다. 슬픈 감정보다는
무언가로부터 해방을 얻은 듯한 기분이었다. 슬픔은 그다음
이었다. 어쩌면 사랑이 아니었을지도 모른다는 생각은 내게
위로가 되기도 또 다른 슬픔을 불러오기도 했다. 그런데도
어쩌겠는가. 이미 끝난 것을. 길었던 여행을, 나는 그렇게 생
각하기로 했다. 시작도 끝도 어쩔 수 없었던 것.

늘 그렇듯 끝은 시작이기도 하니 이제는 정리를 해야 할
차례겠지. 얼마가 걸릴지는 모르겠다. 그것은 연애의 기간
보다 오래 걸릴 수도 있고 더 많은 감정들을 소모해야 할지
도 모른다. 하지만 이번에도 어쩌겠는가. 둘이서 채워놓은
것을 혼자서 비워야 하는 일은 너무나 힘든 일인 것을.

정해진 이별을 받아들이는 것은 생각보다 쉬웠으니 그
정도는 감내하기로 했다.

시작도 끝도 어쩔 수 없었던 것.

나는 그런 사람이다. '당신을 알아가고 싶어요'라는 말을 당신을 '사랑하고 싶어요'로 알아듣는 사람이다.

그러니 당신이 내 감정 속도를 맞출 수 없는 사람
이라면 애초에 시작을 하지 말라는 말이다. 속도
가 맞지 않는 사랑은 금세 멀어지기 마련이니.

이유가 없대. 내가 싫어졌대. 아니, 정확히 말하자면 내가 좋지가 않대. 갑자기 그게 무슨 말이냐 물어도 그게 다래. 날 좋아하지 않아서, 아무 감정이 없어서 만날 수가 없대. 날 좋아하긴 했었냐고 물으니 아무 대답을 못 하더라. 그때 그 애가 했던 모든 말 중에 소리 없는 그 대답이 제일 아팠어. 침묵이 모든 걸 말해주는 것 같아서 제일 슬펐어.

읽음

그럴 거면 처음부터 만나지를 말지.
좋아하지도 않으면서 사람 헷갈리게 하지나 말지.

우리가 만난 시간까지 이렇게 거짓으로 만들 바엔 차라리
끝까지 거짓말해주지. 당신이 내게 처음으로 보여준 진심
이 침묵이었다면, 그게 우리의 이별을 말하는 거였다면 차
라리 끝까지 거짓말하지 그랬어요.

때로는 진실을 모르는 게 나을 때도 있어. 끝까지 모를 수만 있다면 말
이야.

뭐가 그렇게 아쉬운 건데.

하고 싶은 말을 다 하지 못한 게 제일 아쉬워. 이별을 예상하긴 했는데 막상 헤어지자는 말을 들으니까 아무 생각도 안 나더라. 머리가 새하얘진다는 말을 온몸으로 느꼈어. 하려고 했던 말이 뭐였는지 내가 지금 무슨 말을 하고 있는지도 모를 만큼 정말 아무 생각도 안 나더라.

읽음

내가 무슨 말을 했든 달라지는 건 없었겠지.
뭔가 대단한 말을 하려고 했던 것도 아니었고.

그래, 그렇게 하자. 그동안 고생했고 고마웠다.
진심으로 좋아했다. 행복했다. 잘 지내길 바란다.

이젠 아무 의미 없는 이런 말들을 하고 싶었을 뿐이니까.

맞아, 이제 와서 말한들 달라질 것 없는 말들이 전부였어. 그럼에도 아쉬운 마음이 드는 건 미련이겠지.

평소랑 똑같이 바쁘고 재미없는 그저 그런 일상이었어. 일하느라 지친 몸을 이끌고 집에 와서 가만히 누워있는데 갑자기 눈물이 나더라. 한참을 세상이 무너진 것처럼 쏟아내 버렸어. 오늘도 같은 하루라고, 평소랑 다르지 않다고 덤덤하게 넘어가고 싶었는데 그게 잘 안되더라. 분명 별다를 것 없는 하루이긴 했거든. 우리가 헤어졌다는 것만 빼면.

읽지 않음

사실 가장 서러운 게 그거야.
여전히 세상은 그대로고
변한 게 하나 없다는 것.

매일 지겹도록 똑같은 하루도
우리가 자주 가던 카페도
전부 그대로인데.

바뀐 건 너랑 나 둘밖에 없어.
우리가 대체 언제 사랑했었냐는 듯이
세상 모든 게 별다를 것이 없네.

네 SNS를 보지 않으려고 해도 자꾸 보게 돼. 올라오는 글 하나하나 내 얘기가 아닌 줄 알면서도 혼자 감정이입하고 혼자 대답하고 상처받는 멍청한 짓을 반복해.

읽지 않음

굳이 찾아가서 보는 게 바보 같은 짓이라는 거 알아.
내가 내 상처를 후벼 파는 일이라는 것도 알아.

그래도 어쩔 수 없잖아.
그렇게라도 의미부여 해가면서 기다리고 싶은 마음인데
아닌 걸 알면서도 믿고 싶어지는 게 사람 마음인데.

혹시 그냥 나를 사랑해주면 안 될까. 나는 그러고 싶은데. 아니면 그냥 사랑을 받기만 해주는 건 어때. 혼자 품고만 있기엔 너무 무겁고 벅찬 감정들이라 그래. 이거 너 다 줄게. 계속 주기만 하다가 더 이상 줄 수 없을 때까지 내 마음을 받기만 해주는 것도 안 될까.

읽지 않음

지금 내 감정은 너무 무겁고 무서워.
혼자 안고 있기엔 너무 크고 벅차.

이런 감정은 처음이라 그래.
솔직하게 전하는 것 외엔 다른 방법을 모르겠어.

너를 많이 좋아해. 겁이 날 만큼.
당장 대답하지 않아도 되니까
내 진심이라도 알아줬으면 좋겠어.

그렇게 주기만 하다 언젠가 네게도 사랑을 받는 날이 온다면 얼마나 좋
을까.

이미 끝난 사이임을
예감하는 것 또한 어렵지 않았다.

그저 조금 귀찮은 듯한 말투, 행동에서

충분히 유추할 수 있었으니까.

알면서도 모르는 척 버텨내고 있었다.
툭 내뱉는 말투에도 무심한 눈빛에도
상처받지 않으려 애쓰는 날의 연속이었다.

내가 먼저 헤어지자고 말할 자신은 없었다. 그저 버티고 버텨내야 했다. 헤어지자고 하면 그 사람은 망설임 없이 알았다고 할 것 같았으니까. 내 예감이 틀리지 않았다는 것을 확인하고 싶지 않았다. 그저 사실이 아니길 바라야만 했다. 어차피 올 이별을 조금 늦추는 것이 다인 줄 알면서도.

넌 너무 좋아해서 그랬어

내가 어떤 마음으로 이별을 말했는지 너는 아마 평생 모를 거야. 넌 너무 좋아해서 그랬어. 네가 너무 좋아서, 더 좋아지는 게 무서워서 그랬어. 말도 안 되는 소리라는 거 알아. 그래서 너한테 우리가 헤어져야 하는 이유도 말하지 못했어.

사실 처음엔 그냥 호기심이었어. 호기심에 너를 만나보기로 한 거야. 그때 난 혼자였고 외로웠으니까. 근데 점점 네가 너무 좋아졌어. 무서울 만큼. 이러다가 정말 너 없이는 못 살 수도 있겠다 싶었어. 그래서 헤어지자고 말한 거야. 네가 없으면 못 살 만큼 더 좋아져 버리기 전에.

이유가 뭐냐며 붙잡는 너를 보면서 고민도 많이 했어. 헤어지지 말까, 아직은 좀 더 붙잡고 있을까, 지금 헤어진다면 많이 아플까. 그래도 이미 잡은 마음은 쉽게 변하지 않더라. 그래서 헤어졌어. 그때의 나는 그게 최선이라고 생각했으니까.

사실 지금 많이 후회해. 아플까 봐 헤어진 건데 헤어져서 너무 아파. 내 선택이 틀린 걸까, 정답이 아니었던 걸까. 예전에 그런 적이 있었거든. 아픈데도 붙잡고 있던 사람이 나를 죽을 만큼 아프게 했었거든. 그래서 이번엔 그러지 않아야지, 절대 아프게 사랑하지 않아야지. 꼭 그렇게 다짐했었거든. 그래서 그 선택이 정답이라고 생각했었어. 그렇게 해야 내가 상처받지 않을 거라고.

그때의 나는 내가 우선이었어. 네 마음보다 내 마음이 중요했어. 네가 우선이 되기 전에 나를 지켜내고 싶었어. 이제 와서 하는 말이지만 미안해. 변명도 듣고 싶지 않겠지만 나는 또 상처받기 싫었어. 지금 이 말들을 하는 이유도 날 위해서야. 이렇게 하면 네 생각이 조금은 덜어질까 싶어서. 일종의 고해성사 같은 거야.

너는 그 사람이 아닌데 그때와 같은 결말을 예상해서 미안해. 내 이기적인 감정으로 너에게 상처를 줘서 미안해. 그럼에도 불구하고 너를 그리워해서 미안해. 사랑하는 방법을 몰라서 미안해. 사랑을 주지 못해서 미안해. 사랑하기를 무서워하는 사람이어서 미안해.

이해해 달라고 하지는 않을게.

단지 네가 날 너무 싫어하지는 않았으면 좋겠어.

그것조차 욕심인 거 아는데,

그래도 너한테 미움받고 싶지는 않아.

이따 연락할게.

나는 또 한참을 기다려야겠네요. 예전엔 잠드는 순간조차 아쉬워서 잘 자라는 인사만 수십 번을 했었는데. 지금은 왜 이렇게 의무적으로 연락하는 것처럼 느껴지는지 모르겠어요.

읽지 않음

예전엔 매일 잠들기 직전까지도 문자하고 전화하고
눈꺼풀이 무거워서 계속 내려오는데도 꾹 참았으면서.
졸려도 졸린 티 안 내려고 아등바등 버텼으면서.
밤새 통화하면서도 너무 소중한 이 시간이
끝나지 않았으면 좋겠다고 했으면서.

지금은 왜 이렇게 변했을까요.
어느 노래 가사처럼
나한테만 바쁜 사람이 되어버렸어요.
어쩌다 우리가, 아니 그 사람이.

너무 바빠서 그럴 수도 있지 하고 이해를 하다 보니 점점 연락을 바라
지 않게 돼요. 이해가 아닌 포기를 하게 되는 거예요.

미안해요. 우리 안 맞는 것 같아요.

그거 아니잖아. 본인 속 편하자고 그렇게 말하는 거잖아요. 이럴 거였으면 지키지도 못할 약속들로 괜히 사람 기대하게 하지나 말지. 차라리 처음부터 그렇게 잘해주지나 말지 그랬어요. 이 사람은 정말 다를 거라고, 이번만큼은 정말 다를 거라는 괜한 희망도 품게 하지도 말았어야죠. 차라리 이젠 내가 싫어졌다고 해요. 마음 편히 미워라도 하게.

읽지 않음

처음부터 맞는 사람이 어딨어.
만나면서 맞춰가는 거지.
굳이 맞춰가면서 만날 만큼
날 좋아하지 않는 거잖아요.
아니, 그런 마음이 끝난 거잖아요.

차라리 솔직하게 말해주지 그랬어요.
헤어지고 나서도 헛된 기대 같은 거 안 할 수 있게.

맞춰보려고 노력한 적도 없잖아요.

그 사람이 보고 싶어.

읽음

연락해봐. 뭐가 문제야.

못하겠어. 무서워. 그 사람은 어떤 마음인지 모르잖아. 나는 내 마음이 어떤지 솔직하게 모든 걸 말하고 싶은데 그 사람은 나랑 다른 마음, 다른 감정이면 어떡해. 그걸 내가 알게 될 수도 있다는 게 너무 무서워.

읽음

시간이 지나면 지날수록 그래.
보고 싶고 연락하고 싶은 마음이 커질수록
무서운 감정도 같이 커지는 것 같아.

지금이라도 연락해볼까 싶다가도
돌이키기엔 늦은 것 같기도 하고.

하루에 수십 번을 고민하는데
결국엔 아무 연락도 못 하게 되더라.

답장이 와도 문제, 안와도 문제니까 차라리 문제를 만들지 않는 선택을
하게 되는 거야.

지금 마음 절대 변하지 말자.

나는 네가 그 말을 해줄 때마다 너무 행복해. '너를 정말 사랑하고 있으니까 너도 지금처럼 그렇게 나를 사랑해줘. 그 마음 꼭 변하지 말아줘.'라고 말하는 것 같아서. 내가 정말 사랑받는구나 싶어서.

읽음

내 손 꼭 잡고

내 눈을 바라보면서

그렇게 속삭였으면서.

좋아해요

기억할지 모르겠지만, 당신은 이따금 내게 다른 이성의 얘기를 하곤 했어요. 굳이 꼬집자면 나와는 다른 성향이거나 다른 외향을 가진, 모든 게 나와 반대인 그런 이성의 얘기를요. 마치 내게 다가오지 말라고 선을 긋는 듯이.

당신이 내 감정을 눈치챈 것처럼 나도 사실은 알면서 계속 모른 체했어요. 미안해요. 나도 내 마음이 먼저라서 그랬어요. 계속 당신을 좋아하고 싶어서, 일단은 내 감정을 지켜내야 해서. 나를 몇 번이고 밀어내는 그 감정을 무시해가면서 지켜낼 만큼 내게는 소중해서요.

외사랑이라도 괜찮아. 내가 말하지만 않으면 끝나지도 않을 테니까. 오늘도 이렇게만 담아둘게요. 내가 많이 좋아해요. 언제까지고 혼자서만 주고받을게요. 당신을 좋아해요. 좋아해요. 또 좋아해요.

보내지 않은, 보내지 않을 문자.

그 사람은 어떨까,

그 사람 앞에선 애써 밝은 척하지 않아도 괜찮을까,

한없이 깊은 곳까지 다 보여줘도 날 떠나지 않을까.

내 안에 있는 우울까지 사랑해줄 수 있을까.

이런 나라도 사랑 받을 수 있을까.

이런 저런 걱정들을 하면서도

결국엔 그 사람을 믿고 싶어지는 걸 보면

나는 이미 되돌릴 수 없는 감정인 거겠지.

우울한 순간마다 그 사람을 생각하고 있는걸 보면

이미 나는, 그 사람을.

너 아직도 나 사랑하잖아. 아니야? 정말 잘할게. 함께 만난 시간들이 얼만데 우리가 어떻게 헤어져. 나 너랑은 절대 못 헤어질 것 같아.

사랑했던 것도 맞고 사랑하는 것도 맞아. 아직도 너를 생각하면 눈물이 나기도 하고 가슴 한구석이 아릴 만큼 네가 절실해. 네가 없는 미래를 상상해본 적도 없고 내 옆에 네가 아닌 다른 사람이 있는 건 말도 안 된다고 생각해. 그래도 다시 못 만나겠어. 더는 너를 사랑하고 싶지 않아. 너무 사랑해서 너무 아픈 너를 더는 만날 자신이 없어. 사랑하는 건 맞는데 이제 그만하고 싶어.

읽음

다른 사람들이 나를 이해하지 못한다고 해도 상관없어.
네 마음 모르는 거 아냐. 나도 똑같이 널 사랑하고 있어.

하지만 더 이상 상처받고 싶지 않아.
싸울 때마다 보이는 네 눈빛, 네 말투, 네 행동
마치 칼을 꽂는 것처럼 아파서 죽을 것 같아.

이건 정말 아니야. 더 이상은 도저히 못 하겠어.

그렇게 사랑하는 너를 놓기까지 내가 얼마나 오랜 시간을 아파해야 했
는지.

> 연애를 하는 내내 무서웠어.

읽음

왜?

> 확신이 없는 연애였거든. 내가 그 사람을 좋아
> 하는 건 맞는데 그 사람이 나를 좋아한다는 확
> 신이 없어서 항상 그 사람 눈치를 보곤 했어. 내
> 남자 친구인데도 떳떳하게 남자 친구라고 자랑
> 할 수도 없었고 그 사람이 지인들이랑 있을 땐
> 어떻게 행동해야 할지 고민해야 했고 그 사람을
> 만나고 집에 가는 길 내내 다음 약속을 잡을 핑
> 계를 생각해야만 했어. 나 혼자만 노력하는 연
> 애라서 그랬던 걸까. 이 사람이 계속 내 옆에 있
> 을 거라는 확신이 없는 불안한 연애였어.

읽음

만나면서도 불안에 떨어야만 하는 그런 사랑.
아니, 사랑이라 말하기도 애매한 그런 만남.

내 마음이 문제였던 걸까.
아니면 그 사람의 마음이 부족했던 걸까.

그럼에도 불구하고 놓지를 못하던.

점점 커져가는 내 마음이 당신에겐 부담이 될 수 있다는 걸 알아서 미안해요. 당신은 잘못한 것도 없는데 내게 미안해하는 모습을 보이게 만든 것도 가끔 날 봐주지 않는 당신을 원망한 것도 혼자 당신과의 미래를 꿈꿨던 것도 전부요. 나도 일방적인 내 감정들이 너무 싫은데 그럼에도 불구하고 당신을 놓을 수 없는 이기적인 사람이라 더 미안해.

읽지 않음

우리는 서로 미안하다고만 해.
정말 하고 싶은 말은 그게 아닌데도 말이야.

나는 당신을 좋아해.
좋아해서 미안해.

당신은 나를 좋아하지 않아.
좋아하지 않아서 미안해.

우리의 "미안해."는 이렇게나 다른데도
나는 당신을 "좋아해." 그래서 "미안해."

너무 착한 사람, 그래서 더 놓을 수가 없는 사람.

나를 사랑해달라고 하지 않을 테니까,
옆에만 있어 주면 좋겠어. 전처럼 눈에
서 사랑이 느껴지지 않아도 투정을 부
리거나 강요하지 않을게. 밤을 새워가
며 사랑을 속삭이던 통화들도 더는 바
라지 않을게. 정말 괜찮으니까, 옆에만
있어 줬으면 좋겠어.

읽지 않음

나를 귀찮아하는 듯힌 내 눈빛에도 상처받지 않을게.
아니, 상처를 받더라도 받지 않은 척할게.

억지로 만나주는 거라고 해도 상관없으니까
옆에만 있어 줬으면 좋겠어요.

금세 또 욕심이 자라나겠지만 적어도 지금은.

사실 요즘 늦은 새벽까지 잠을 못 자. 혹시나 하고, 정말 혹시나 술김에라도 네가 연락할까 봐. 아주 잠깐이라도 네가 흔들려서 나한테 전화할까 봐. 그때 내가 못 받아서 우리가 엇갈리기라도 할까 봐. 아침에 네 부재중을 보고 바로 연락해도 그때는 늦을까 봐. 그래서 네 연락 기다리느라 새벽까지 잠을 못 자.

읽지 않음

먼저 전화해볼까도 생각해봤는데
자신이 없더라. 겁이 나더라.

네가 안 받으면 어떡하지.
받더라도 냉정하게 대답하면 어떡하지.

그래서 마냥 기다리는 것밖에 못 해.
우리가 연애할 때 그랬던 것처럼 여전히.

그때도 지금도 나는 같은 입장인데 달라진 게 하나 있다면 지금 내 옆
에는 네가 없다는 것.

어쩌면 나는 너에게로부터 끊어진 사랑을

다른 누군가에게 갈구하고 있었나 봐.

그래서 사랑을 받고 또 받아도

이렇게 외로운 걸까.

아직 너를 완전히 비워내지 못 한 걸까.
아니면 새로운 사람이 성에 차지 않은 걸까.
분명 잊었다고 생각했는데.

네가 이제는 사랑이 아닌
미련으로 머물러 있기를 바라.

그때보다 조금은 수월하게
너를 잊을 수 있도록 말이야.

우리 그만하자

오빠, 우리 사이는 언제부터 틀어진 걸까. 내가 오빠에게 느끼는 사소한 서운함을 말했을 때일까 아니면 더는 말하지 못하고 혼자 쌓아놓기만 했을 때일까. 그것들을 나는 애써 견뎌낼 게 아니라 무너트려야 했던 걸까.

어느 순간부터 마음이 너무 무거워지더라. 같이 들어달라고 말해볼 걸 그랬나. 역시 그건 좀 무섭다. 사실 혼자서도 충분히 버틸 수 있을 줄 알았는데 그렇지가 않더라고. 아무래도 한 번에 내려놓는 건 못할 것 같아서 나도 정리를 좀 했어. 정리는 혼자서도 할 수 있겠더라. 내가 무슨 말을 하는 건지 나도 잘 모르겠는데, 어쩌면 오빠는 알 수도 있을 것 같아. 그렇지?

그동안 마음고생 많았지. 천성이 착한 사람이라 여태 모진 말 한 번 못하고 속으로 얼마나 힘들었을까. 나쁜 건 내가 할게. 너무 늦게 알아채서 미안해. 아니, 눈치는 챘어도 사실을 확인하는 일은 조금 무섭더라. 그래서 시간이 좀 필요했어. 나도 정리할 시간은 있어야 할 것 같아서. 이제 어느 정도 된 것 같으니까 더 끌지 않으려고. 그게 서로한테 낫지 않을까 싶어서. 혼자 정리할 때도 지금도 사실 많이 힘들어. 그동안 내가 연습한 것처럼 정말 아무렇지 않아 보일까 봐 말하는 거야. 아무렇지 않은 거 아니라고. 나 오빠 정말 많이 좋아했다고. 그거 말하고 싶어서. 마지막이라고 생각하니까 또 쓸데없이 말이 길어지네. 그동안 고마웠어. 잘 지내고, 너무 늦게 놔줘서 미안. 내가 정리하는 동안 이별을 기다려줘서 고마워. 서로 다른 이유로 이 한마디 하기가 정말 어려웠지. 오빠, 우리 이제 헤어지자. 서로 버티는 거 그만하자. 그동안 고생했어. 이제 정말 그만 하자.

얼른 가.

나 운다고 또 마음 약해지지 말고.

내가 어떻게 먹은 마음인데.

나 혼자서 좋아하는 건데도 그 사람한테 서운해. 그 사람 마음이 나랑 같지 않다는 게, 나만 마음을 주고 있다는 게 너무 속상한데 어디 하소연할 데가 없어. 그 사람이 원해서 이러는 것도 아니고 내가 혼자 일방적으로 좋아하는 건데 그 사람이 너무 밉고 서운해.

읽음

혼자 짝사랑만 하면 다행인데
마음이 깊어지면 깊어질수록
서운함도 미움도 생겨나고 원망도 해.

그런 내 모습이 너무 못나서
또 한참을 속상해하다가
다시 네 생각으로 돌아가길 반복해.

너는 아무 잘못도 없는데
나랑 다른 마음일 뿐인 건데
사랑도 미움도 나 혼자서 다 해.

내 스스로가 못나 보일 때.

서로 생각할 시간을 갖자는 말이 헤어
지자는 말인 줄 몰랐어. 그냥 미안해
서였을까. 헤어지자는 말을 하기까지
망설인 이유가 정말 그것뿐이었을까.
나는 나에게 다시 돌아오기 위한 시간
이 필요한 거라고 생각했는데.

읽음

사실 우리가 헤어질 거라고는
상상도 하지 못했거든.

잠깐 흔들리는 거라고.
이 시간이 지나고 나면
우린 더욱 단단해질 거라고.
그렇게 믿고 기다리고 있었거든.

이렇게, 이대로 끝날 줄은 몰랐거든.

적어도 그런 식으로 도망치지는 말지.

내가 밤새 생각해봤는데 아무래도 우린 아닌 것 같아. 맨날 싸우기만 하고 맞는 부분도 없고 만나면 만날수록 자꾸 너한테 상처만 주게 돼. 내가 연애할 준비가 안 된 사람인가 봐. 아직 내가 해야 할 일도 너무 많은데 여러 가지를 한 번에 하기엔 내가 많이 부족한 것 같아서 그래. 미안해. 우리 그만하자.

헤어지자는 말을 뭘 그렇게까지 포장해. 우리가 아닌 게 아니라 네 마음이 거기까지인 거야. 나보다 우선인 것들이 많은 사람인 거야. 나보다 일이, 사람이, 자신이 더 소중한 사람인 거야. 네가.

읽지 않음

그렇게 장황하게 늘어놓지 않아도 돼.
애써 변명하는 네 모습 보는 게 더 불편하니까.

사실 나도 어렴풋이 느끼고는 있었어.
네가 언제 말을 꺼낼까 하루하루 긴장하면서 버텼어.

나를 상처받지 않게 하려고 했던 행동이든
네 자신을 포장하고 싶었든 차라리 솔직하게 말해주지.
괜히 마지막까지 너한테 미운 모습 보이게 하지는 말지.

납득할 만한 이유가 없는 장황한 이별통보는 전부 포장일 뿐이더라. 이
젠 예전처럼 문장 하나하나에 의미부여 하지 않아. 그냥 나에 대한 네
마음이 다 했구나. 하고 마는 거지.

진짜 다른 거 다 됐으니까 네 얼굴 한 번만 보고 싶다. 얼굴 마주 보면서 예전처럼 사소한 얘기들을 하고 싶어. 아무런 일도 없었던 것처럼, 앞으로도 쭉 그럴 것처럼 그렇게 다시 한 번만 더 보고 싶다.

읽지 않음

무슨 말이 더 필요해.

그냥 보고 싶다.

그게 다야.

너 또 연락했다면서. 어쩌려고 그래. 그러다가 그 사람이 정말 질리기라도 하면 그땐 어떻게 하려고 자꾸 그러는 거야.

내가 연락하면 그 사람이 더 질려 할 거 아는데도 어쩔 수가 없잖아. 내가 할 수 있는 게 하나도 없어. 마냥 기다리다가 그 사람이 다른 사람을 만나거나 나를 완전히 잊어버리면 어떡해. 아직도 너무 사랑하는데, 이대로 정말 끝이라고 생각하면 마음이 무너지는데, 당장 연락하는 것 말고는 방법이 없는데. 이런 상황에서 내가 할 수 있는 거라곤 연락 말고는 방법이 없는데 어떻게 참을 수가 있겠어.

읽음

지금 내 속이 그 사람으로 가득 차서
아무것도 할 수가 없는데 어떻게 해.

연락이라도 해야 조금은 편해지는데
그렇게라도 하지 않으면 정말 죽을 것 같은데
어떻게 기다리기만 해.

그 사람이 보고 싶고 목소리도 듣고 싶어.
내가 먼저 연락하면 받아줄 것 같은데.
희망 고문이라도 괜찮으니까, 그렇게 하고 싶어.

어떤 말부터 시작해야 할지 한참이나 고민을 했는데 역시 나는 솔직한 게 제일 편한 것 같아. 하고 싶은 말이 너무 많아서 정리가 잘 될지는 모르겠다. 우선 그동안 잘 지냈니. 어려운 말도 아닌데 안부조차 묻기 어려운 사이가 되어버려서 조금은 씁쓸한 기분이 드네. 그때의 우리만큼 편한 사이가 없었는데 말이야. 우리가 헤어진 지 벌써 4년이 지났다니 나이를 먹을수록 시간이 빠르게 흐르는 것 같아서 조금은 속상한 요즘이야.

아, 나는 요즘 되게 잘 지내고 있어. 네가 들으면 웃을지도 모르겠지만, 글을 쓰면서 지내. 조만간 내가 쓴 책이 나올 것 같아. 그 책 안에는 우리 얘기들이 꽤 깊게 들어가 있어서 네가 볼일은 없었으면 좋겠다. 혹여나 오해하게 하고 싶지 않아서 그래. 단지 그때의 내 감정, 우리 추억들이 예쁘게 느껴지는 거지 네게 미련이 남았다거나 하는 건 아니거든.

너한텐 고마운 게 참 많아. 그런 감정들을 알게 해준 것 말이야. 너도 날 만나면서 뭔가 배운 게 있었을까. 서로에게 양분이 되는 그런 연애였기를 바라. 사실 어느 순간부터 내 기억들이 미화되더라. 나쁜 기억은 전부 사라지고 예뻤던 우리만 남아서 추억할 때마다 기분이 묘하더라고. 헤어지고 얼마 안 됐을 땐 '다신 이렇게 누군가를 만나지 않아야지. 다신 이런 연애는 하지 않아야지.' 하면서 널 많이 원망했었는데 그게 아니더라. 사랑은 끝나고 나서야 확신하게 되는 거더라. 아, 그게 진짜 사랑이었구나. 이렇게 헤어지고 나서도 널 응원하고 싶고 네가 행복했으면 하는 이 감정들마저 널 사랑했었다는 증거였구나. 뭐, 이런 생각들이 들더라고.

아, 미안. 4년 만에 전하는 거라 서론이 너무 길어지네. 어쨌든 나 잘 지낸다고, 행복하게 잘 살고 있다고. 부디 너도 그랬으면 좋겠다는 말을 하고 싶었던 거야. 네가 아니었으면 평생 몰랐을 감정들을 알려줘서 고맙고 한참이 지났어도 여전히 네가 행복하길 바라는 예쁜 마음을 갖게 해줘서도 고맙다. 부디 너도 그런 마음으로 나를 기억해줬으면 좋겠어. 정말 행복하게 잘 살아야 해. 내가 진심으로 기도할게. 결혼 축하해. 내 첫사랑. 안녕.

너에게 보내는 마지막 편지.

첫사랑은 말 그대로 처음의 사랑이다.
미숙하고 부족하다. 완벽하지 않다.
그래서 더욱 예쁘고 아프다.

그러니 첫사랑은 담아두는 것이 아니다. 보내고 나서야 완성된다. 아직까지 첫사랑을 잊지 못해 슬퍼한다거나 첫사랑의 아픔에 사로잡혀 있다면 이제는 보내주길 바란다. 그래야만 비로소 진짜 첫사랑을 추억할 수 있을 테니까.

2. 비우고 또 채워지는

사랑

사랑이란 단어를 저렇게 정의할 수 있듯, 사랑이란 감정도 정의할 수 있다면 얼마나 좋을까요. 사실 저는 아직도 사랑이란 감정을 말한다는 것이 어려워요.

아, 이게 사랑이구나 하는 감정을 느껴본 적 있음에도 사랑이라는 단어를 설명할 수가 없네요. 왜냐하면, 사랑을 하고 있을 때는 그게 사랑인 줄 몰랐거든요. 누군가를 향해 열렬한 마음을 품고 있었는데도 그때는 자각을 하지 못했어요. 첫 번째도, 두 번째도.

제게 그나마 남아있는 추억이란 감정을 뒤적여보면서 사랑을 말할 수는 있겠지만, 분명 그때에 비하면 한참 모자란 감정이겠죠. 제가 그때의 감정을 세세히 기록할 수만 있었다면 사랑이라는 감정에 대해 말할 수 있었을까요. 그때 내가 그 사람에게 했던 모든 말과 행동들이 사랑이었을 텐데.

하지만 다음에 또 누군가를 사랑하게 되더라도 저는 이별하고 나서야 사랑을 알게 될 거예요. 누군가를 진심으로 사랑하게 되면 이별마저도 사랑하게 되어버리거든요. 그래서 완전히 이별하기 전까지는 사랑이라는 것을 모르다가 나중에야 알게 돼요.

헤어져도 사랑이라는 감정만 사라질 뿐, 그 사람을 생각하는 마음은 그대로였거든요. 내 옆이 아니더라도 진심으로 행복하기를 바라는 마음, 항상 잘되기만을 바라는 마음. 그러다 보면 나빴던 기억들은 자연스레 잊혀지고 좋은 기억만 남기게 되더라고요. 그렇게 추억 한구석에 누군가의 상자가 생기면 그때서야 깨닫는 거예요.

아, 사랑이었구나 하고.

한참이나 지났어도 달라진 게 없어.
마치 어제 헤어진 사람 같아. 우리 사
진으로 가득 채운 앨범도 나눴던 메시
지도 내 감정도 모든 게 그대로야.

읽음

그것들을 억지로 지운다고 달라질까.

군이 변해야만 하는 걸까.

잊지 않고 살아가도 되지 않을까.

과거에 머물러 있는 게 그렇게 잘못된 걸까.

군이 잊어야만 하는 걸까.

억지로 잊는다고 마음먹은들, 그게 내 마음처럼 되는 것도 아닌데.

그 사람 헤어졌대.

그래서?

그러게. 그 사람이 헤어졌
든 아니든 이제 나랑은 아무
상관없는 일인데 왜 나는 기
대하게 되는 걸까.

읽음

애초에 다른 사람이 생겨서 헤어진 것도 아니었고
나에 대한 마음이 끝나서 헤어진 거였는데.

그 사람이 다시 혼자가 됐다는 사실에
조금은 기대하게 돼.
차라리 몰랐으면 좋았을걸.

요즘 따라 휴대폰을 자꾸만 쳐다보게 돼. 혹시나 하는 마음에.

뭐가 제일 힘들어?

우리가 헤어지는 걸 내가 예상하지 못했다는 거, 그 사람은 이별할 때도 똑같았다는 거. 보통의 사람들은 이별할 때 티가 나. 상대방을 대하는 행동이라던가 말투가 조금씩 달라지거든. 유독 나는 그런 쪽으로 눈치가 빨라서 항상 이별을 대비하곤 했었는데 그 사람은 달라진 게 없었어. 애초에 나에 대한 마음이 없었던 사람처럼 말이야.

읽음

그 사람과 헤어져서 아픈 것보다
정말 그럴지도 모른다는 사실에 더 마음이 아파.

사랑할 때도 이별할 때도
그 사람은 나에게 한결 같았거든.
한결같이 거리감이 느껴지는 사람이었거든.

내 감정이 수없이 요동칠 때 그 사람은 한없이 잔잔했어. 처음부터 끝까지.

차라리 잡아보지 그랬어.

아니, 그 사람이 길고 긴 문장들로 우리 사이의 문제들을 제기한 것부터 이미 끝난 사이인 거야. 애초에 풀겠다고 내놓은 문제들이 아니었어. 그저 우리가 헤어져야 하는 이유들을 열심히 나열했던 거야. 그렇게까지 해서 내게 이별을 설득하던 사람인데 어떻게 잡을 수가 있었겠어.

읽음

이미 답이 정해진 관계에선 내가 어떤 말을 해도
그 사람에겐 전부 오답이었을 거야.
내가 노력한다고 될 일이 아니었던 거지.

알고는 있는데도 조금 씁쓸하네.
그래도 한번 잡아볼 걸 그랬나.

이미 지나간 사람이야 잊어야지.

맞아. 그 사람은 지나갔지. 하지만 우리 사이가 과거형이 되었다고 해서 지금 내가 사랑하는 사람이 사랑했던 사람으로 바뀌는 건 아니잖아. 사랑해,라는 말을 사랑했다,라고 말한 들, 내 마음이 그렇게 되는 건 아니잖아. 아직 내 감정은 지나가지 않았는데 어떻게 잊을 수가 있겠어.

읽음

지나간 건 그 사람이지.
내 감정은 아직 제자리야.

너는 연애하면서 언제 가장 슬펐어?

그 사람과 함께 있는데도 외로울 때, 사랑하는 게 너무 힘들어서 헤어지고 싶은데 또 사랑해서 헤어질 수 없었을 때, 그리고 그런 연애가 익숙해진 내 모습을 발견했을 때마다 너무 아프고 슬퍼. 아무리 익숙해져도 아픔은 익숙하지 않아. 매번 너무 많이 아파.

읽음

상대방이 굳이 잘못하지 않아도 아팠던 적이 있어.
분명 연애를 하고 사랑을 한다고 생각하는데도
혼자 다치고 혼자 아파하는 그런 연애.
사랑은 원래 이렇게 아픈 걸까.

단순히 사랑하고 사랑받으면서
행복하기만 한 연애는 없는 걸까.

혼자 있을 때보다 더 외로웠어.

미워하면서 사랑했다. 원망하면서 놓지 못했다.
그러다 결국 혼자가 되었을 땐 미워하거나 사랑하
거나 또는 아무것도 하지 않아야만 했다.

그래서 미워하기로 했다. 그 사람을 사랑하는 것보다 미워하는 게 더 쉬웠다. 마음 뒤에 마음을 숨겨야만 내가 살 수 있을 것 같았다.

그 사람은 마지막까지 우리가 헤어지는 이유도 모르더라. 내가 그렇게 여러 번 말했었는데, 너무 외롭다고 너무 힘들다고 나 좀 봐달라고 그렇게나 애원했었는데도 끝까지 우리가 헤어지는 이유를 모르는 사람이더라.

읽음

나는 사랑하는데도 외로워서 너무 힘들었는데
그 사람한테는 지나가는 투정 같았나 봐.

비싸고 예쁜 선물을 바란 것도 아니었고
좋은 곳에 데려가 주길 바란 것도 아니었어.

내 옆에서 사랑한다는 말 한마디만 해줬어도
우리가 헤어지진 않았을 텐데.

사실 헤어지자는 말보다 더 하고 싶었던 말은 외롭다는 말이었어. 더는
외롭게 하지 말고 나 좀 봐달라고 그렇게 말하고 싶었어. 하지만 몇 번
이고 말했어도 달라지지 않았거든. 그 사람.

나만큼 표현해주길 바랐어. 내가 사랑을 주는 만큼 받기를 원했어. 나만 사랑하는 게 아니니까, 서로 사랑하고 있는 거니까 그렇게 해도 되는 건 줄 알았어. 표현하는 게 어렵다는 그 사람한테 매번 요구하고 강요했어. 지쳐가는 모습을 보면서도 사랑하니까 변할 수 있을 거라고 그냥 그렇게만 생각했어. 그때의 나는 그랬어.

읽음

일방적인 감정 강요에 지쳐가는 네 모습 보면서
서운함을 말할 게 아니라 이해를 해볼 걸 그랬나 봐.

내가 너를 그렇게 사랑하듯
너도 나를 그렇게 사랑한 거였는데.

그때만큼은 나와 다름을 이해할 수가 없었나 봐.
사랑하는 방식이 다른 거라고 생각할 수는 없었나 봐.
그때의 나는 많이 부족한 사람이었나 봐.

틀린 게 아니라 다름이었던 것을.

그 사람이랑 어떻게 헤어졌어?

우리는 꽤나 덤덤하게 헤어졌어. 적어도 표면적으로는. 그래야 그 사람이 나한테 덜 미안해할 것 같았거든. 내가 울고불고 난리를 친들, 그 사람은 돌아올 것 같지도 않았고 오히려 곤란한 얼굴을 보였겠지. 그 모습을 보는 게 더 괴로울 것 같아서 덤덤한 척했어. 내 반응에 그 사람은 어떤 생각을 했을까. 나도 그 사람과 같은 마음이었다고 생각했을까 아니면 조금은 고맙다고 생각했을까. 어쨌거나 둘 다 너무 슬픈데.

읽음

실은 그러고 싶지 않았어요. 울면서 매달리기라도 해볼 걸 하고 후회도 많이 했어요. 하지만 미안함과 곤란함이 동시에 보이는 그 사람 얼굴에서 알 수 있었어요.

아, 우리는 정말 끝난 사이구나. 내가 매달린다고 해도 이 사람을 귀찮게만 할 뿐이구나. 그래서 그렇게 보내주는 게 마지막 배려라고 생각했어요.

적어도 나를 귀찮은 사람으로 기억하진 않을 테니까. 어떻게 헤어지든 슬픈 건 똑같지만 적어도 좋게 헤어지는 게 나을 거라고 생각했거든요.

마지막까지도 그 사람한테 밉보이긴 싫었거든.

전에는 덜 표현해서 마음이 아픈 줄 알았어. 내 옆에 있을 때 다 줄 걸, 더 표현해주고 더 사랑해줄걸. 그래서 이번엔 달랐어. 지치고 질릴 만큼 사랑을 표현했어. 할 수만 있다면 내 마음을 꺼내서 보여주고 싶다고도 했어. 표현하면 할수록 내 마음은 더 커졌어. 그래서 또 아파. 그 사람은 떠났는데 내 마음은 그대로야. 전부 줬다고 생각했던 내 마음이 그대로 나한테 돌아왔어. 대체 사랑은 어떻게 해야 안 아픈 걸까. 어떻게 해도 난 너무 아프기만 해.

읽음

미련이 없을 만큼 누군가를 사랑하면 안 아프다더니
해볼 만큼 다 해보고 나서 헤어지면 덜 힘들 거라더니

온 마음을 다해서 사랑하고 표현했는데도 아파.
똑같이 아프고 슬프고 힘들어.
사랑할 때에 가졌던 그 감정들이
고스란히 슬픔으로 돌아와 버렸어.

어떻게 해도 나한테 사랑은 너무 아프기만 해.

누군가를 안 아프게 사랑하는 방법은 없어. 아픔의 정도만 다를 뿐 다
들 조금씩은 아픈 법이야.

나는 아직도 1년이 넘은 카톡방 하나 못 나가서 몇 번이고 몇 번이고 다시 읽어. 네가 보고 싶어서 마음이 아픈 날엔 우리가 처음 만난 날에 했던 카톡을 다시 읽기도 하고 "사랑해"라는 단어를 검색해서 가장 행복했던 때를 추억하기도 해. 그러다 너를 잊겠다고 마음먹은 날엔 우리가 헤어졌던 그 날의 카톡을 다시 읽고 한 번 더 너와 이별을 해. 그런 행위들을 매일 반복하면서 살아. 그렇게 살아 내가.

읽지 않음

다신 우리 사이가 그렇게 될 수 없다는 것도
아니, 애초에 다시 만나지 못할 것도 알고는 있어.
그래도 그때를 그리워하는 건 나쁜 게 아니잖아.

혹시 네가 알게 된다고 해도
이런 나를 불쌍하게 보지 않았으면 좋겠어.
내가 우리를 추억하는 방식일 뿐이니까.

헤어진 지 벌써 3개월째야. 그런데도 달라지는 게 없어. 여전히 너무 힘들고 너무 아프고 너무 보고 싶기만 해.

너 그 사람 진심으로 사랑했다면서. 그럼 그게 당연한 거지. 헤어진 지 고작 3개월이 아니라 3년이 지나서 그대로라고 해도 그만큼 네가 그 사람을 사랑한 거라고 생각해. 못 잊는 건 이상한 게 아냐. 사람마다 이별하는 기간이 다를 뿐이야. 괜찮아. 다들 그래. 너만 그런 거 아니야.

읽음

부끄러운 일이 아니야.
마음속에 꽉 차 있던 감정들을
어떻게 한 번에 비워낼 수가 있겠니.

나도 아직 그 사람 생각으로 가득 차 있는 걸.
시간이 오래 걸리더라도 천천히 비워나가야지.
우리는 여전히 그 사람과 헤어지는 중인 거야.

그런 사람은 없더라고

마지막에 네가 뭐라 그랬더라. 다신 나 같은 사람 못 만날 거라고 했던가. 이대로 헤어지면 많이 후회할 거라고 내게 저주 비슷한 걸 퍼부었던 것 같아. 물론 한 귀로 흘려들었지. 그때의 나는 무심한 너에게서 도망칠 생각뿐이었으니까.

그래, 네 말대로 너 같은 사람 없더라. 내 인생에 너처럼 무신경한 사람도 표현할 줄 모르는 사람도 없더라. 하나같이 섬세하고 다정한 사람들만 있더라. 내 손에 밴드가 붙어 있건, 붕대가 감겨있건 그런 건 하나도 눈에 보이지 않는 것 같던 너와 달리 다들 나를 걱정해주고 아껴주기만 하더라. 봐, 내 말이 맞잖아. 이게 맞는 거잖아. 다들 이렇게 하잖아.

그런데 정말 어이가 없었던 건 너처럼 나를 사랑해주는 사람은 없더라. 사랑을 말하고 표현하지 않아도 느끼게 해주는 그런 사람은 존재하지 않더라. 아무것도 강요하지 않던 너와 달리 다들 내게 많은 것을 요구하더라. 머리를 길러

달라, 사람을 정리해 달라, 성격을 고쳐 달라. 너처럼 있는 그대로의 나를 사랑해주는 사람이 없더라고. 애써 맞추려고 하지 않아도 되니 그 자리에만 있어 달라고 말하는 사람은 너밖에 없더라. 마지막에 했던 네 말이 이제야 퍽 와닿네.

내가 너무 욕심이 많은 사람이었더라. 정말 그런 사람은 너밖에 없더라.

너를 사랑하는 내가 있기 전에
나를 사랑하는 내가 있어야 해.

누군가를 사랑하는 시간 속에 나라는

존재가 없다면 누군가가 없어져도

여전히 네 인생에는 네가 아닌

그 사람만이 남아 있을 테니까.

사랑했던 누군가가 사라져도
나는 나라는 존재로 남을 수 있게.
그 사람의 흔적으로만 남지 않게.

나를 잃어버리면서까지
누군가를 사랑하지는 말자.
우리 꼭 그렇게 하자.

헤어졌다며. 너 괜찮아?

아니, 안 괜찮아. 그래도 몇 번 해봐서 그런가 전보다는 낫네. 처음 이별할 때만 해도 세상이 무너지는 줄 알았는데 말이야. 지금은 이 여운이 언제까지 갈까. 제목부터 슬프기만 한 이 노래들은 언제까지 귀에 들릴까, 또 얼마나 오랜 시간을 혼자 보내게 될까 하는 정도야. 그렇다고 해서 그때만큼 슬프지 않은 건 아니고 그저 겉만 덤덤해졌을 뿐, 마음이 아픈 건 그대로더라. 여전히 이별은 무던히도 아파.

읽음

앞으로도 살면서 무수히 많은 이별을 겪을 텐데
그때마다 주저앉아서 엉엉 울 수는 없잖아요.
이제는 덤덤해질 때도 됐다고 생각해요.

하지만 그렇다고 해서 정말 아무렇지 않은 건 아니에요.
사실은 아직도 이별할 때마다 마음이 부서질 듯이 아픈데
티를 내면 낼수록 더 아파요. 그래서 참는 거예요.
더 이상은 아프지 않았으면 해서요.

겉으론 덤덤해 보여도 나 정말 아프다고 말할 수 있을 만큼은 아파.

이별이 두려워 사랑을 하지 못하는 것이
멍청한 짓이라고 누군가 말하더라. 그게
왜 멍청한 짓이지. 상처받지 않기 위한 노
력일 뿐이잖아. 점점 자라나는 마음을 억
지로 누르기가 얼마나 힘든 일인데. 마음
이 커질수록 상처가 벌어진다는 것을 너
무나 잘 아는 아픈 사람일 뿐인데.

읽음

누군가를 좋아하게 돼도
그 마음을 숨겨가면서 버티는 게 더 나아.

사랑을 하면서 아픈 것보다
혼자 시작하고 혼자 끝내는 게
차라리 더 낫다고 생각해.

헤어지고 제일 힘든 게 뭐냐면 네가 어디서 누구랑 뭐 하고 있는지, 내 생각은 하는지, 어디 아픈 덴 없는지. 전에 하고 싶다던 일은 잘 하고 있는 건지. 너에 대한 모든 것을 알고 있던 나인데 지금은 아무것도 알 수가 없다는 거야. 이제는 너에 대해서 하나도 몰라. 마치 우리가 모르는 사이인 것처럼.

읽지 않음

굳이 묻지 않아도 다 알던 그런 사이.
네가 있는 곳에 내가 있고
내가 있는 곳에 네가 있던.

지금은 행여나 마주칠까
우리가 함께 가던 그곳들을 못 가.
누군가 내 앞에서 실수로라도
네 이름을 입에 올리면 내 눈치를 보더라.

가끔 네 소식이 미칠 듯 궁금해도
티도 못 내는 그런 사이가 되어버렸어.
남보다 못한 그런 사이가.

뭐해?

너는 꼭 그러더라. 조용하고 어두운 밤이 되면 내 안부가 궁금한가 보더라. 아침부터 밤까지 하루 종일 네 생각을 하다 체념할라치면 딱 그때 너는 나를 궁금해하곤 하더라. 술 한잔 걸치고는 심심해서인지, 정말 내가 궁금해서인지. 고작 그거 하나 보내놓고 전화 한 번 안 하더라.

읽지 않음

사실 네가 왜 그러는지 모르는 건 아니야.
그때 잠깐 외로워졌거나 심심해서였겠지.

알면서도 나는 별것 아닌 문자 한 통에
온갖 의미부여 하면서 전화를 해볼까 말까.
수없이 고민하다가
결국엔 아무것도 못 하고 울면서 밤을 보내게 되더라.

이제 이런 식으로 사람 헷갈리게 하지 마.
안 그래도 충분히 힘든 상태거든.

아, 번호 바뀌야 되는데.

분명 네가 잘 되기를 바란다는 말은 진심이었는데, 막상 잘 되고 나니까 왜 이렇게 고까운지 모르겠어. 주변 사람 모두 너를 칭찬해대는 이 자리가 나는 왜 이렇게 불편해야 하며, 정작 힘든 시절을 함께 보냈던 나는 너한테 축하한다는 말 한마디 못 전하는 게 어찌나 속상한지. 제일 가까운 친구이자 사랑하는 사이였던 너와 헤어졌다는 걸 다시 한번 실감하는 묘한 순간, 기분이 썩 좋지만은 않아.

읽지 않음

네가 부러워서 배가 아프다거나 그런 의미가 아니야.
네 소식을 남 입으로 듣는 것도 낯설고 싫은데
축하해주고 싶어도 말 한마디 못 전하는 사이라는 게
괜스레 서운하고 서러워.

예전 같았으면 내가 제일 먼저 네 소식을 듣고
내가 제일 먼저 너를 축하해 줬을 텐데.
지금 기분은 참 묘하고 별로다.

미련이라기보다 쓸쓸해지는 기분. 너도 그럴까.

이별하는 방법

너무 사랑하는데 힘들어서 헤어지고 싶어 하는 사람들이 생각보다 많아요. 분명 이해를 못 하는 사람들도 있을 거예요. 사랑하는데 왜 헤어지느냐며 되묻겠죠. 하지만 저는 그 마음을 너무 잘 알아서 얘기를 들어줄 때마다 마음이 많이 아팠어요.

사랑하는 마음이 클수록 작은 일에도 한없이 무너지게 되거든요. 너무 사랑해서 이해했던 모든 행동들이 점점 상처가 되는 경우예요. 연락할 시간이 없을 만큼 바쁘다고 해도 이해하고, 내가 아닌 다른 사람들을 만나러 가야 한다고 해도 이해하고, 내가 최우선이던 사람에게 만년 뒷전이 되어도 나는 이해해야 했어요. 그 사람을 사랑했으니까.

근데 그러다 보면 계속 상처가 쌓여요. 꾸준히 아파요. 그 사람을 사랑하는 내내 아프기만 해야 해요. 그런데도 사랑은 해요. 아니, 사랑을 하니까 너무 아픈 거예요. 말이 되나요. 나는 사랑을 하고 있는데 이렇게 아프기만 하다는 게. 그래서 이별을 결심하게 되는 거예요. 이렇게 매일을 아파하면서 올 수는 없으니까.

그런데 여기서 또 문제 생겨요. 내가 너무 사랑해서 아픈 이 사람과 헤어지면 얼마나 아플지 상상이 안 가는 거예요. 심지어 이별을 내 입으로 말해야 한다는 사실 자체만으로도 이미 아픈데. 그래서 그때의 나는 그 사람과 헤어지지 않는 걸 선택했어요. 아니, 사실은 헤어지지 못한 거예요. 내가 선택해야 하는 이별을 감당할 자신이 없었어요. 그 사람 옆에서 우는 건 매일 하던 거니까 얼마나 아픈 일인지 이미 알고 있었지만 헤어진 뒤에 올 아픔은 어느 정도일지 상상조차 안 돼서 너무 무서웠어요. 이별을 생각하는 것만으로도 마음이 무너져 내리는데 어떻게 감히 헤어질 수가 있겠어요.

그렇게 한참을 그 사람 옆에서 죽어가듯이 살았어요. 극단적인 표현이지만 그때의 나는 사람 같지가 않았거든요. 그 사람이 나한테 상처를 주는 말 한마디만 해도 나는 사람이 아니라 하루살이가 되고 싶었어요. 그렇게 된다면 나에겐 오늘이 마지막 삶일 테니까 내일은 슬퍼하지 않아도 되잖아요.

이미 이별을 포기했으니 나는 계속 이 사람을 사랑해야겠지, 이러다 평생 헤어지지 못하면 어떡하지 이런 생각들을 하면서 힘겹게 버티고 있었어요. 근데 어느 순간부터 그 사람이 저한테 거짓말을 하기 시작하더라고요.

저와 연애를 시작한 뒤로는 친구들도 지인들도 안 만나던 사람이었는데 어느 순간부터 다른 사람들과의 만남이 잦아졌었어요. 그러다 보니 자연스레 나와의 만남이 줄어들면서부터는 다시 잘해줬어요. 친구들과 만나는 순간에도 꼬박꼬박 연락해주고 나를 만나지 못한 것에 대해 미안해하기도 하고 자주 웃어주기도 하고 정말 오랜만에 다툼이 없는 데이트도 했어요. 뭔가 이상하다 싶으면서도 정말 좋았어요. 이러다 보면 우리가 다시 예전으로 돌아갈 수 있을 것 같아서, 뭐가 더 아플지 고민해야 하는 그런 걱정들을 이제는 하지 않아도 될 것 같아서요.

그런데 그게 아니더라고요. 친구들을 만나면서 나한테 거짓말을 많이 했던 게 미안해서, 그래서 그렇게 잘해주고 웃어주고 했던 거였어요. 나 모르게 여행도 다녀오고 술집도 클럽도 다니면서 실컷 노는 게 많이 미안했나 봐요. 나한텐 본인을 만나는 것 외엔 어디도 못 가게하고 항상 집에 있기만을 강요했던 사람인데.

제가 정말 신기했던 건 믿음이 깨지는 순간, 마음이 사라졌어요. 한순간에 사라졌다기보다 아, 이제 정말 헤어질 수 있겠구나 싶은 생각이 들었어요. 그래도 바로 이별을 말하지는 않았어요. 천천히 마음을 정리하며 이별을 준비했어요. 나를 위해서요.

그렇게 정리하는 도중에도 그 사람이 꾸준히 거짓말을 해준 덕분에 결국 이별을 말할 수 있었어요. 많이 비워내서 정말 괜찮을 줄 알았는데 이별 후에도 그 사람의 소식을 듣게 되면 화도 나고 눈물도 나고 전화가 올 때마다 내 심장은 덜컥 내려앉았어요.

울면서 사과하는 그 사람을 보면서 마음도 많이 아팠지만, 다시 만나고 싶진 않았어요. 내가 어떻게 먹은 마음인데. 우리는 만난 기간만큼이나 헤어지는 데도 오래 걸렸어요. 헤어지고 그 사람과 만나거나 연락할 때마다 우린 계속 마음 아픈 이별을 해야만 했고 여러 번의 이별을 하고 나서야 완전한 이별을 할 수가 있었어요. 하지만 이별이 그렇게 아팠어도 헤어지길 잘했다는 생각은 변함이 없었어요. 그렇게 헤어진 뒤로는 매일 울지 않아도 됐거든요. 어쩌다 한 번 참을 수 없이 밀려올 때, 혼자 있는데 너무 아프거나 서러울 때, 추억이 담긴 물건을 발견했을 때 간간이 쏟아지는 정도였어요. 약간의 시간이 지나면서 그마저도 사라졌지만.

저처럼 너무 사랑하는데 힘들어서 헤어지고 싶은 상황에 놓여 있다면 조금만 더 버텨요. 내 마음이 이제 끝내도 된다고 말을 해주는 순간이 와요. 아직 그 시기가 아닌데 헤어지자고 말했다간 본인이 너무 아파서 못 견딜 수도 있어요.

　절대 못 헤어질 거 같죠. 아니에요. 나도 그럴 줄 알았는데 이렇게 헤어졌잖아요. 이별 후에 겪을 아픔들을 지금 겪는 거라 생각하면서 조금만 더 버텨요. 오로지 본인을 위해서요.

사랑해서 힘들다는 게 무슨 소리야?

내가 그 사람을 너무 많이 좋아해. 그래서 작은 일에도 서운하고 정말 마음이 아플 때가 많아. 근데 그 사람은 그런 나를 이해하지 못해. 그럼 그 사람은 나를 사랑하지 않는 걸까. 그래서 내가 아픈 걸까. 너무 사랑해서 아프다면 그건 누구의 잘못인 걸까. 그 사람을 너무 사랑하는 내 잘못일까 아니면 그런 나를 이해하지 못하는 그 사람의 잘못일까.

읽음

아니, 아니야. 그 사람의 잘못도 너의 잘못도 아니야. 원래 사랑이라는 게 그래. 딱히 잘못한 사람이 없는데도 서로 열렬히 사랑하기만 해도 종종 아파. 서로를 이해하지 못한다고 해서 사랑하지 않는 게 아니야.

네가 아픈데도 그 사람을 사랑하고 있는 것처럼, 그 사람도 너를 이해하지 못하지만 사랑하고 있잖아. 그러니까, 걱정하지 마. 너는 지금 사랑을 하고 있어서 아픈 거야. 잘하고 있어. 정말 괜찮아.

누구의 잘못을 따지는 것보다 중요한 건.

그러니까, 그 사람한테 왜 그랬어.

정말 너무 좋아서 그랬어. 그 사람만의 표현 방식이라는 게 있는 건데 더 사랑해주고 더 표현해주길 바랐어. 마음이 커지면 커질수록 나 혼자만 안달 나는 것 같아서 무섭고 불안해서 그랬어. 점점 지쳐가는 그 사람한테 나는 매일 사랑을 강요한 거야. 정말 그러면 안 됐었는데, 사랑은 그렇게 하는 게 아닌데. 나는 매번 이래. 헤어지고 나서야 내 잘못을 깨달아.

읽음

솔직히 사람 마음이라는 게 그렇잖아요. 좋아하면 좋아할수록 욕심이라는 게 생겨나요. 나만 좋아하는 건 아닐까, 내가 더 좋아하는 건 아닐까.

그래서 더욱 강요하게 되는 거예요. 그 사람이 나보다 더 사랑해주기를. 근데 그거 아니잖아요. 사랑은 그런 게 아니잖아요. 사람마다 표현하는 방식이 다를 뿐, 나만큼 표현하지 않는다고 해서 그 사람이 나를 사랑하지 않는 건 아닌 걸요.

사랑이 그렇더라. 마음만 커지면 다행인데 불안도 커져 버려서 그렇게나 힘들게 하더라. 이런 감정을 가져본 게 처음이라 갑자기 사라져버릴까 안달 나고 무섭기도 하고 그렇더라.

나는 사랑이 커지면 불안도 커지는 사람이야. 누군가를 좋아하는 마음이 커질수록 그런 내 감정에 겁이 나. 사랑과 믿음이 동반해야 한다는 걸 알면서도 나는 믿음이 아니라 의심이 먼저 생겨났거든. 쓸데없는 상상들로 스스로를 지치게 만들기도 하고 마음에도 없는 말과 행동들로 상대방에게 상처를 주기도 했어. 그래서 나는 누군가를 사랑하는 게 겁나. 내가 하는 사랑은 깊어질수록 서로에게 상처만 주게 되는걸.

읽음

알면서도 같은 만남을 반복하는 걸 보면
나는 아직 사랑할 준비가 안 된 사람이거나
사랑할 줄 모르는 사람인 걸까.

머리로는 아니라는 걸 알면서도
막상 또 사랑에 빠지면
내 마음은 내 것이 아니게 되는걸.

평소의 나와 사랑할 때의 나는 다른 사람인 것 같아.

나 그 사람 좋아해.

사람 마음이라는 게 참 신기해.

나만 알고 있던 감정을 입 밖으로 내뱉은 순간

걷잡을 수 없이 커져가는 것 같아.

그냥 속으로만 좋아했을 땐

이 정도일 줄은 몰랐는데

막상 꺼내기 시작하니 끝도 없이 나오더라.

어느 순간부터 내가 그 사람 애기만 하고
애기를 하면 할수록 내 감정이 뚜렷해지는 거야.

그때야 알았어.
아, 내가 그 사람을 많이 좋아하는 구나 하고.

내가 아무리 진심으로 대한들, 상대방이 진심이 아니라면 그 감정들은 그저 나를 아프게만 해. 그 사람에게 보여줬던 내 감정들이 세상에서 가장 슬픈 무용지물이 되어버리는 기분이야.

어떤 기분인지 알아. 내가 그 사람을 생각하며 했던 모든 행동들이 아무것도 아닌 게 되어버리는 일, 누군가에게 전한 진심이 아무짝에도 쓸모없는 일이 되어버린다니. 정말 그것보다 슬픈 일은 없을 거야.

읽음

사람에게도, 사랑에게도
아무런 계산 같은 거 없이
진심으로 대했을 뿐인데.

딱히 뭔가를 바란 것도 아닌데
진심이 아니라는 걸 알았을 때
여태까지 나눈 감정과 추억들마저
부정당하는 기분이야.

마치 내 감정을 이용당한 것 같아.

무슨 말이야?

그러니까, 만약에라도 내가 싫어지는 날이 온다면 꼭 얘기해줘. 어느 순간부터 내 얼굴조차 보기 싫어지는 그런 날이 온다면 말이야. 어차피 네가 변한다면 너보다 내가 먼저 알아채겠지만 아마 나는 네 입으로 사실을 듣기 전까지 모르는 척할지도 몰라. 두 눈 감고 두 귀 막고 모르는 척 네 옆에 있고 싶어 할 수도 있어. 그러니까, 꼭 얘기해줘.

읽음

헤어지고 싶은데 말도 못하고
혼자 곤란해 하는 너를 보는 일이
어쩌면 이별보다 슬플지도 몰라.

끝까지 눈치 없는 척
네 옆에서 버티고 있는 내 모습이
비참하고 불쌍할지도 몰라.

만약에 상상하기도 슬픈 그런 날이 온다면 말이야.

그 사람과 헤어질 때 내가 했던 가장 큰 실수가 뭐였냐면, 그 사람의 말도 안 되는 변명들을 곧이곧대로 믿고 이해하면서 스스로를 희망 고문 했던 것. 앞으로의 미래에 집중하느라 나에게 소홀해질 것 같다며 사과하는 그 사람을 원망하기보다 응원하고 이해하려고 노력했던 것. 단순히 마음이 떠난 건데 그걸 모르고 한참을 기다리고 있던 것. 그러다 새로운 사람을 만나는 그 사람을 보면서 혼자 마음 아파 했던 것. 사실 다 알면서도 모르는 척하며 스스로에게 상처를 준 것.

읽음

오히려 도움을 주지 못해 미안했던 것.
그 사람의 미래에 함께 있을 거라고 믿었던 것.
상황이 나아지면 우리도 나아질 거라고 생각했던 것.

그 사람이 나를 놓은 것도 모르고
혼자 열심히 붙잡고 기다렸던 것.

그렇게 스스로에게 상처를 준 것.

어쩌면 나를 가장 아프게 한 건 그 사람이 아니라 나 자신일지도 몰라.

넌 잘못한 거 없어. 착하고 좋은 사람이야. 나한테 충분히 잘해줬어. 그렇지만 그런 너를 만나기엔 내가 많이 부족한 것 같아서 그래. 우리 그만 헤어지자.

라고 다들 그렇게 말하더라. 꼭 너처럼. 그럴 때마다 나는 내가 뭘 잘못했는지를 생각하게 돼. 우리 연애에 문제가 무엇이었는지, 정말 내가 잘못한 게 없는지. 그냥 네가 그만큼 나를 사랑하지 않은 것뿐인데 말이야.

읽음

별다른 이유가 없는 이별통보는
그 사람이 나를 그만큼 사랑하지 않은 것뿐인데.

내가 조금 더 잘해줬더라면, 조금 더 표현했더라면
떠나지 않았을까 하고 하루 종일 내 탓을 해요.
난 정말 아무런 잘못도 하지 않았는데.
그 사람이 나를 그만큼 사랑하지 않은 것뿐인데.
단지 그게 다인데.

이렇다 할 핑곗거리는 없고 나쁜 사람이 되기는 싫고. 나는 그것도 모
르고 우리가 헤어지는 이유가 뭘까 매일 고민하면서 스스로를 자책했
었는데 말이야.

우리 연애의 끝은 그 사람의 손에 달려있었어. 나는 항상 절벽에서 그 사람 손을 잡고 매달려있는 기분이었거든. 참 이상하지, 시작은 분명 같이했는데 사람 감정이라는 게 어찌 그리 무겁게도 가볍게도 변할 수가 있는 건지. 그 사람의 감정이 점점 가벼워질수록 내 감정이 무겁게 느껴졌었나봐. 그렇게 쉽게 놓을 줄 알았다면 애초에 잡지 말걸, 무거워진 내 감정을 그렇게 버거워할 줄 알았다면 그냥 내가 먼저 그 손을 놓아줄 걸 그랬다.

읽음

그 사람이 손을 놓는 순간
끝날 관계라는 걸 알면서도
모르는 척 붙잡아 두고 싶었어.

이미 비워진 마음은
다시 채워지지 않을 텐데 말이야.

내가 잡고 있던 건 조금은 남아있었을지도 모르는 감정의 끝자락이었
을까. 단지 내 미련이었을까.

한 번도 상처받은 적 없는 사람을 만났으면 좋
겠어. 상처받은 적이 없어서 무서울 게 없는
그런 사람, 상처받을 걱정보다는 지금 당장의
감정이 우선인 사람, 그래서 온 마음 다해 나
를 사랑해 줄 수 있는 사람. 그런 사람이라면
나도 아무 걱정 없이 사랑할 수 있을 것 같아.

읽음

그동안 해왔던 연애들이 내게 남긴 거라곤
상처, 겁, 낮아진 자존감이 다인걸.

내가 다시 누군가를 사랑할 수 있다면
꼭 그런 사람을 만나고 싶어.
상처를 주거나 받을 걱정 없이
그저 사랑만 하고 싶어.

그 사람한테 내가 그랬던 것처럼.

깊은 사랑을 하고 싶었을 뿐이야. 그래서 사람을 만날 때 항상 신중하고 싶었던 건데 그러다 보니 아무도 못 만나고 있더라. 뭐가 문제일까 하고 생각하다 보니 답을 알았어. 너와 했던 건 분명 사랑이었지만 시작은 연애더라. 연애를 해야 사랑을 할 수가 있더라. 처음부터 사랑인 사랑은 없더라고.

읽지 않음

우리도 처음엔 그게 사랑인 줄 몰랐었잖아.
그냥 얼굴만 봐도 좋고 매일 만나도 보고 싶고
하루 종일을 붙어있어도 떨어질 때만 되면 아쉬워하고.

그냥 남들 다 하는 사소한 모든 행위가
시간이 지나보니 사랑이었듯이
처음부터 사랑인 사랑은 없더라고.

너는 왜 연애를 안 해?

꼭 연애만 하면 나는 나를 잃어버려. 그러다 이 별을 통보받고 나면 그렇게 허무할 수가 없더 라. 남는 게 상처뿐인 연애가 반복되니까, 내 자 존감이 한없이 추락하고 잘못한 게 없어도 나한 테 문제가 있는 건 아닐까 하고 자책하게 되더 라고. 이런 상태로는 새로운 사람을 만날 자신 이 없어. 나는 연애할 준비가 안 된 사람이야. 또다시 상처를 받을지도 모른다는 생각에 무섭 기도 하고.

읽음

나를 잃어버리지 않는 연애.
그런 연애를 해보고 싶어.

그 사람의 일상에 내가 스며든 게 아니라
서로가 서로의 일상에 스며드는 연애.

내 연애는 항상 그 사람이 전부였거든.
내 연애엔 내가 있던 적이 없었거든.

내가 또 다시 사랑을 할 수 있다면 말이야.

왜 안 만났어? 좋은 사람 같던데.

응, 좋은 사람이더라. 하지만 좋은 사람이라고 해서 그 사람이 좋아지진 않더라고. 어쩌면 다시 못 만날지도 모를 만큼의 좋은 사람이었다고 해도 내 선택을 후회하진 않을 것 같아. 나는 사랑을 하고 싶은 거지, 사랑을 받기만 하고 싶은 게 아니었거든.

읽음

맞아, 그 사람은 사랑하는
방법을 아는 사람 같더라.
그 사람을 만나게 된다면 이런 나라도
열렬한 사랑을 받을 수 있을 것 같더라.

하지만 내 마음이 그 사람과 같지 않은걸.
좋은 사람이 나를 좋아해 준다고 해서
그 사람이 좋아지지는 않더라고.
받기만 하고 돌려줄 수 없는 감정이라면
애초에 시작을 안 하는 게 낫다고 생각해.

오히려 그 사람한텐 내가 좋은 사람이 아니었을지도.

이제 그만 다른 사람 만날 때도 됐잖아.

글쎄, 이제 내가 다른 누군가를 만날 수 있을
지조차 의문이야. 대체 다들 어디서 어떻게
만나 어떤 감정으로 서로를 사랑하면서 사는
걸까. 내가 다른 사람을 못 만나는 게 그 사
람의 잔해 때문인지 오롯이 내 문제인지도
모르겠는걸. 스스로 확실하지도 않은 애매한
마음으로 누군가를 만나고 싶지는 않아.

읽음

제일 중요한 건 내 감정이라고 생각하면서도
지금 내 감정이 어떤지조차 모르겠어.

누군가를 만나고 싶은 건지
아직은 혼자 있고 싶은 건지
이도 저도 아닌 상태에서 누군가를 만나는 건
상대에게도 나에게도 못할 짓이라고 생각하니까
지금은 이대로가 좋아.

지금 내 마음은 잔잔하고 고요해. 이런 감정도 나쁘지 않은 것 같아.

네가 사랑했던 사람이 너와 헤어지고
네가 아닌 다른 누군가를 사랑하게 되더라도
그 사람이 너를 사랑하지 않았던 거라 생각하지는 마.

네가 훗날 그 사람이 아닌

다른 누군가를 사랑하게 된다고 해도

그 사람을 사랑했던 사실만큼은

변하지 않는 것처럼

그 사람도 분명 같은 마음일 테니.

평범한 연애

연애의 온도.

5년 전쯤, 첫사랑과 잠시 헤어졌을 때 함께 봤던 영화
의 제목이다. 지금의 나는 헤어지고 나면 끝이라는 생각으
로 누군가를 만나지만, 그때의 나는 그렇게 단호하지 못했
다. 이별하고도 꾸준히 연락이 오는 그 사람을 끊어내지 못
했고, 집 앞에서 눈물 고인 얼굴로 나를 기다리는 그 사람을
그냥 지나치지 못했다.

그렇게 만나고 헤어지고를 반복하던 그때, 꼭 같이 봐야
하는 영화가 있다며 그 사람은 무작정 나를 영화관으로 데
려갔다. 사실 나와 헤어지고 연락하며 지내던 사람과 함께
봤던 영화인데 보는 내내 머릿속엔 내가 떠올랐다고. 그래
서 나와 꼭 봐야 할 것 같다고 생각했단다. 어처구니가 없으
면서도 내 생각을 했다는 사실만으로 조금은 기뻐했던 것도
같다.

그 영화에는 3년 정도 만난 연인이 나오는데 헤어졌다가 만났다가 하는 것이 꼭 우리 같았다. 싸울 때마다 나오는 대사들도 그때의 감정들도 우리와 별반 다르지 않다고 생각했다.

영화를 보는 내내 울기만 하느라 그 사람이 어떤 표정이었는지는 모르겠다. 이런 내용인 걸 알면서 나를 데리고 온 이유가 무엇이었을까. 꼭 우리 얘기인 것 같아서? 사실 영화가 슬프다거나 공감이 가서 울었다기보다 특별한 줄 알았던 우리 연애가 하나도 특별하지 않았다는 사실에 서럽게 울었던 것 같다.

영화가 끝나고 우리는 한참이나 아무 말도 하지 않았다. 그때의 나는 조금 화가 나 있었다. 대체 어쩌자고. 다시 만나도 우린 이렇게 될 것이라고? 아니면 본인도 남자 주인공처럼 나를 사랑하는 것은 맞지만, 저도 모르게 자꾸 상처 주고 마음이 마음 같지 않게 된다는 것을 알아주라고? 그것도 아니면 우리 사랑이 별거 아니라고? 남들 다 공감하는 그런 내용과 다르지 않은 사랑이라고?

사실 영화를 보기 전부터 화가 나 있었을지도 모르겠다. 영화를 볼 때마다 달콤한 맛의 팝콘을 먹던 사람이라 이번에도 당연히 나는 달콤한 맛을 주문했는데, 본인은 이제 어니언 맛만 먹는다며 주문을 다시 했을 때. 그때 기분이 말로 표현할 수 없을 만큼 별로였다.

내 시간은 아직 그 사람을 만날 때와 다르지 않은데. 나는 그대로인데 그 사람이 변한 것 같아서, 내가 알던 사람이 아닌 것 같아서. 별거 아닌 사소한 변화에 화가 났고 영화의 내용을 보며 공감하는 내 감정에 화가 났다.

이미 우리의 온도는 달라졌겠구나. 같은 공간에서 같은 것을 봐도 느끼는 감정들이 다를 테니. 정말 사소한 것에서 느껴지는 변화가 이렇게 서러울 줄이야. 고작 팝콘 하나에, 영화 한 편에 내 세상이 하찮아지는 기분이었다.

그땐 헤어진 사이였기에 굳이 따질 수도 없었다. 대체 나 아닌 누구와 영화를 보며 어니언 맛 팝콘을 먹었냐고 물을 수도 없었고 무슨 의미로 이런 영화를 같이 보자고 한 건지 물을 수도 없었다. 그냥 그렇게 집으로 돌아갔고 그날은 아마 밤새 울었던 것 같다. 생각이 많았다. 마음이 아팠다. 그런 순간에도 그 사람이 보고 싶었다. 미워하면서도 좋아했다. 떠나고 싶으면서도 함께 있고 싶다고 생각했다.

얼마 지나지 않아 늘 그랬듯 우리는 다시 재회했고 이번에도 별반 다르지 않을 거라는 것도 알고 있었다. 그렇게 만남을 이어가다 또 헤어지고. 그래. 우리는 참 평범하고 영화 같은 사랑을 했다. 달달한 멜로가 아닌 연애의 온도 같은 그런 영화. 특별하지 않은 뻔한 사랑을 했다. 그땐 정말 속상했던 사실이 지금은 어찌나 고마운지. 그런 평범하고 뻔한 연애를 해봤다는 사실이 얼마나 다행인지 모르겠다.

지금은 그때처럼 아닌 걸 알면서도 다시 만날 만큼의 감정을 잊었으며 그럴 용기 또한 없다. 사랑 하나로 모든 걸 수용할 만한 깊은 마음도 없다. 사소한 변화에 마음 아파할 만큼 누군가를 사랑할 수가 없다. 다 잊어버렸다.

그래서 그립다. 평범한 연애가. 평범하고 진부한 사랑이 그립다. 감정만으로 할 수 있는 그런 만남이 그립다. 마음껏 사랑하고 마음껏 아파하고 싶다. 내 감정이 너무 소중해서 행여 다치기라도 할까 아끼고 아끼는 마음으로 살고 있는 나에겐 평범한 연애만큼 부러운 것도 없다. 내게 평범한 연애란 그런 것이 되어버렸다. 오랜만에 다시 본 영화처럼 언제든 떠올릴 수 있지만, 그때로 되돌아갈 수는 없는 그런 것 말이다.

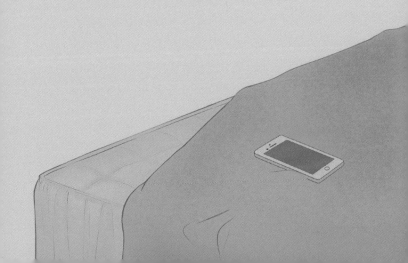

3. 상처들이 위로가 되는

공감 능력

공감 : 타인의 상황과 기분을 느낄 수 있는 마음
능력 : 일을 감당해 낼 수 있는 힘

　정확한 수치로 잴 수 있는 것은 아니지만 저는 제 공감 능력이 꽤나 좋은 편이라고 생각해요. 생면부지의 사람이 힘든 일을 겪었다는 말을 듣기만 해도 그날은 하루 종일 우울하거든요. 하지만 이게 장점이고 능력이라고 생각해 본 적은 없는 것 같아요. 오히려 싫었던 적이 더 많았어요. 지인들이 힘든 일이 있다고 하면 밤새 고민을 들어주다 내 마음이 아파 우는 일은 다반사에 그런 일이 겹치다 보면 짧게는 일주일, 길게는 몇 달을 우울해야 했어요. 정작 내 걱정들은 까맣게 잊고 하루 종일을 그 사람 걱정하느라 할 일도 제대로 못 했고요. 지금 그 사람의 마음이 어떨지 생각만 해도 너무 슬펐어요.

　더 심한 건 과거의 나에게도 공감하게 되는 거예요. 힘들었던 예전의 나를 떠올릴 때마다 그때의 감정이 고스란히

올라와요. 그러다 보면 다시 그때로 돌아간 기분이 들어서 너무 힘들어져요. 그때의 내가 이겨내면 뭐 해요. 떠올리는 순간 말짱 도루묵이 되는데. 아무리 생각해도 이해가 안 됐어요. 대체 이걸 왜 능력이라고 부를까. 나는 이런 감정들을 이겨 낼 힘이 없는데요. 수시로 아프고 힘들어져서 우울함만 극대화되는 것을.

하지만 내 안에 담아 두고 있던 감정들을 글로 쓰기 시작하면서부터 알았어요. 아, 이래서 '능력'이라고 부르는 거구나. 다른 사람의 마음을 이해하고 공감하는 것만으로 그 사람에게 힘이 될 수가 있구나. 이건 내 능력이구나. 그때 제가 얼마나 기뻤는지 아세요? 매일 나를 우울하게만 했던 그 '능력' 아닌 '능력'이 정말 능력이 되는 순간이었어요. 누군가의 슬픔, 속상함, 걱정 그런 것들을 다 들어주고 나서도 우울함만이 아닌 다른 감정들이 밀려왔으니까요. 내가 누군가에게 위로가 되었다는 뿌듯함, 기쁨, 안도. 물론 여전히 마음은 아팠지만.

혹시 저와 같은 이유로 힘든 사람이 있다면 말해주고 싶어요. 그건 절대 아픈 능력이 아니에요. 당신과 가까운 누군가에게 힘을 줄 수 있는 아주 행복하고 특별한 능력이에요. 저는 당신이 그 사실을 잊지 않았으면 좋겠어요.

나처럼 스스로의 능력을 사랑하게 되었으면 좋겠어요.

내 아주 깊은 곳을 너한테 보여준다면 너는 어떤 반응을 보일까. 밝은 모습이 아닌 어두운 내면을 보게 된다면 너는 나란 사람을 다르게 볼까. 밝은 모습도 어두운 모습도 전부 나인데. 오롯이 나를 받아들여 줄 수 있을까.

읽지 않음

온전한 내 모습을 보여준다는 것이
왜 이렇게 겁이 나고 망설여지는지 모르겠어.
어째서 나는 보여주고 싶은 것만 보여주면서
사람들이 나를 보이는 대로만 판단하는 게 싫은 걸까.

왜 항상 나는 위로받고 싶어 하면서도
힘든 걸 꼭꼭 숨기고 웃기만 하는 걸까.

있는 그대로를 보여줘도 사랑 받을 수 있을까.

내가 그때 왜 그랬을까.

지나간 사랑이, 지나간 사람이, 지나간
시간들이 후회되고 아쉬운 건 어쩔 수
없는 거야. 그래도 그런 경험들이 너의
발목을 잡지 않았으면 해.

읽음

오히려

그것들을 잡아내지 못했다는 상실감조차

너에게 양분이 되는 날이 올 거야.

부디 네가 더욱 성장하는 과정이라고 생각하고

넘겼으면 좋겠다.

네가 후회를 밑거름으로 더욱 성장하기를 바라.

진짜 지금 다 슬픈데, 그중에서도 뭐가 제일 슬픈 줄 아니. 나는 지금 죽을 것처럼 힘들고 아픈데 그냥 참으래. 시간이 약이니까 그냥 그렇게 흘러가게 놔두래. 지금은 무슨 말을 해도 와닿지 않겠지만, 시간이 지나면 무슨 말인지 다 알게 된대. 난 지금 너무 힘든데 사람들은 자꾸 언제가 될지도 모르는 미래를 얘기해. 그때의 내가 괜찮으면 뭐 해. 지금의 나는 힘들어서 죽을 것 같은데.

읽음

그러니까, 앞으로 괜찮아질 거라면서
마냥 참으라고만 하지 마.

차라리 그냥 실컷 마음 아파하라고
울고 싶으면 펑펑 울어버리라고 말해줘.

네가 지금 아파하는 게 당연한 거고
누구나 이별하면 그렇다고 하면서
그렇게 나를 위로해줘.

과거는 과거일 뿐이라니, 내 마음은 아직도 진행형인데.

사람한테 상처받는 거 이제 그만하고 싶어. 근데 아무도 안 만나고 살아가기엔 너무 외로워. 내가 먼저 누군가에게 진심을 보여줘도 상대방이 내게 진심이 아니라면 너무 마음이 아파. 또 아무도 없이 혼자서 살아가자니 외롭고 슬퍼.

읽음

솔직히 하나도 모르겠어.
진심은 전하면 닿는 거라는데
내 진심은 닿지가 않는 걸까.

내가 다가간 만큼 내가 상처를 받아.

하지만 일부러 멀리하려고 하면 할수록
그것도 그 나름대로 너무 상처가 돼.

덜 아팠으면 좋겠어요

연락을 할까 말까 고민하고 있었나 봐요.

왜 연락하고 싶어요? 그 사람이 보고 싶어서? 다시 만나고 싶어서? 아니면 참을 수 없는 그리움이 밀려와서?

어떤 이유든 확실한 감정이었으면 좋겠어요. 일단 당장 밀려드는 마음에 연락을 해서 서로를 혼란스럽게 하지 말아요. 본인의 감정이 확실해질 때까지는 아무런 연락도 하지 않았으면 해요.

서로 너무 힘들어서 헤어졌는데 순간적인 감정으로 다시 연락하고 만나고, 그러다 정말 다시 만날 수 있을 때가 오면 또 다른 고민을 하게 될 수도 있어요. 우리가 다시 만나는 게 맞는 걸까, 지금 당장 급한 불 끄겠다고 연락하고 지내는 건 너무 좋은데, 다시 사귀어봤자 처음으로 돌아갈 수 있을까 하는 이런 생각들이요.

본인의 감정도 모르면서 연락을 하는 건 본인에게도 상

대방에게도 상처가 될 수 있잖아요. 저는 오히려 마음이 너무 아플 때 최대한 참으려고 해요. 지금 연락해서 답장이 안 온다거나 나와 다른 마음인 걸 알아버리면 더 아프고 속상할 것 같거든요. 내 스스로가 그걸 견딜 자신이 없어서요.

차라리 조금 더 의연한 마음이 생길 때 해요. 어차피 난 연락을 하게 될 테지만 지금 말고 조금 더 괜찮아질 때 연락해야지 하는 생각으로 버텨내요. 그때가 오면 조금은 덜 아프거든요. 답장이 오지 않더라도 괜찮아. 나와 다른 마음이라도 괜찮아하는 그런 마음일 때.

아픔은 같아도 아픔의 크기는 다를 수 있으니까.

지금 당장 슬프고 연락하고 싶은 마음은 어쩔 수 없겠지만, 그렇게라도 해서 당신이 덜 아팠으면 좋겠어요.

그래도 답장이 없으면 슬프긴 하겠다.

너는 왜 힘든 티를 안내?

나는 힘든 티를 안내는 게 아니라 못 내는 거야. 누군가한테 의지하거나 기대 본 적이 없거든. 그래서 그게 참 어려워. 가끔 참다 참다 혼자 있을 때 펑펑 쏟아내고서는 다른 사람이 볼까 봐 금세 힘든 얼굴을 숨기기도 해. 그리고 나선 아무렇지도 않게 누군가를 만나. 괜한 걱정 시키고 싶지 않기도 하고.

읽음

다들 그렇게 말하더라.
어떤 일이든 처음이 어렵지,
두 번 세 번 하고 나면 쉬운 일이 될 거라고.

나는 그 처음이 너무 어려워서
입도 못 떼겠더라.
이렇게 괜찮은 척하는 게 편해.
나 혼자 앓고 아파하는 게 더 편해.

아무도 몰랐으면 싶다가도 가끔은 알아줬으면 하기도 하고.

누구보다 그 사람을 잘 안다고 생각했었는데 헤어지고 나니까 어떤 사람이었는지 하나도 모르겠어. 그 사람은 어떤 감정으로 날 대했고 어떤 생각으로 날 만났던 걸까. 적어도 이렇게 쉽게 떠날 사람은 아니라고 믿었었는데 이젠 어디까지가 진짜고 어디까지가 가짜인지도 모르겠어. 그 사람이 정말 날 사랑하긴 했던 걸까.

네가 믿고 싶은 대로 믿어. 답도 없는 질문들로 힘들어하지 말고 네가 믿는 게 답이 될 거야.

읽음

이제는 답을 구할 수도 없는 문제들로
혼자 속상해할 필요는 없잖아.

그 사람도 널 사랑했을 거야.
그때만큼은 서로에게 진심이었을 거야.

우리 그렇게 믿자.
더는 힘들어하지 말고.

원래 이별 앞에서 사랑은 한없이 작아 보이는 법이야. 하지만 그렇다고
내 마음이 작았던 것은 아니잖아. 그 사람도 다를 것 없을 거야. 우리 그
렇게 믿자.

그건 좀 슬프긴 했다

사실 나도 그래. 둘째가라면 서러울 만큼 많이 아파도 봤고 오래 힘들어하기도 했어. 네 아픔이 더 아프냐, 내 아픔이 더 아프냐 이런 논쟁을 벌이자는 게 아니야. 그런데도 내가 덤덤해 보인다니 그것참 불행 중 다행이라는 소리지.

그동안 아무렇지 않은 척을 해왔거든. 아파도 안 아픈 척, 힘들어도 안 힘든 척 웃으면서 지냈거든. 아무렇지 않은 척하다 보면 언젠간 아무렇지 않아질 수 있지 않을까 하면서 말이야. 근데 그 방법이 나쁘진 않더라. 속은 찢어지고 난리가 나도 겉은 멀쩡하니까, 그게 더는 커지지 않더라고. 일부러 힘든 내색도 안 보이고 그 사람을 잊어야겠다는 생각조차 안 했어. 그냥 내가 누군가를 만났다가 헤어진 적도 없는 것처럼 아무렇지 않게 살았어. 아, 그건 좀 슬프긴 했다. 분명 내 옆에 존재했던 누군가를 아예 지워버렸어야 했으니까.

그래도 어쩔 수 없었어. 일단은 내가 살아야 했거든. 너무 사랑했던 그 사람을 지워버려야 할 만큼 힘든 시간이었거든. 그러다 보니까 살아지더라. 그 사람이 없어졌다고 해서 내 인생이 끝나는 건 아니잖아. 그걸 안 순간부터는 잘만 살아지더라. 어쩌다 간헐적으로 그 사람이 밀려오는 그때, 그때 아주 잠깐만 쏟아내고 나면 또 금방 괜찮아지더라. 그렇게 시간이 길어질수록 진짜 웃을 수 있게 되더라. 억지로 괜찮은 척하지 않아도 괜찮더라고.

무슨 말이 하고 싶으냐니, 그냥 그렇다고. 이별하고서도 덤덤해 보이는 내가 부럽다며. 부러워하지 말라고 하는 말이야. 이별한 지 얼마 안 된 네가 지금 아픈 건 너무 당연한 거고 겉으론 이래 보이지만, 내 속도 여러 번 무너졌었다고. 나도 너와 똑같았다고. 그래도 나는 이렇게 이별을 극복했다고 말해주고 싶었어. 사람마다 극복하는 방법은 다르겠지만, 너도 극복할 수 있을 거라고.

괜찮아질 거라는 것을 알고 있으니까 하는 말이야.

지나갈 거야. 너무 걱정하지 말아.

너는 어떤 사람이야?

너처럼 외로운 사람. 사랑을 받고도 싶고 주고도 싶은데 방법을 몰라서 아무것도 하지 않는 사람. 막상 누군가를 사랑하게 되면 오지도 않은 미래를 지레 겁먹고 걱정하며 매일을 불안에 떠는 그런 사람. 나도 너와 똑같은 그런 사람이야.

읽음

사람 사는 게 다 거기서 거기지.
뭐 다를 게 있겠니.

내 사랑만 특별한 것 같고
이 사람은 다를 것 같다고 믿다가
결국엔 다 똑같다는 걸 알게 되는
그런 뻔한 결말.

나라고 뭐가 다르겠니.
너랑 똑같이 그런 사람이지.

사랑만 시작하면 본인이 다치는 건 신경 쓰지도 않는 사람. 아닌 걸 알
면서도 멈추지 못 하는 바보 같은 사람.

내가 언제부터 이렇게 겁이 많아졌을까. 사람도 사랑도 가까이하기가 무서워. 행복한 시간보다 상처를 받는 시간이 길어질수록 이게 맞는 건가 싶기도 하고 나는 사랑받을 수 없는 사람인가 싶어. 다들 행복해 보이는데 나만 불행한 걸까. 다들 아무렇지 않게 사는데 나만 이런 삶을 살아가고 있는 걸까. 이런 우울한 생각이 깊어질수록 한없이 깊은 수렁에 빠지고 있는 것 같아.

읽음

그럴 때 있잖아, 이유도 없는데 우울한 날.
아무도 나한테 상처 주지 않았는데 상처받은 날.
갑자기 세상에 나 혼자인 것 같은 날.

누구한테라도 전화해서 하소연하고 싶은데
그럴만한 사람도 용기도 없는 날.
그냥 혼자 우는 것 외엔 방법이 없는 날.

평소와 다른 내 목소리만 듣고도 무슨 일 있냐며 걱정해주는 그런 사람
이 있었으면 좋겠다. 알아주는 것만으로도 위로가 될 수 있을 텐데.

나는 외로움이 많은데도 사람들에게 다가가는 게 너무 어려운 사람이야. 먼저 다가갔다가 또다시 상처를 받을까 무서워서 아무것도 못 하겠어. 너무 외로운데 상처받기는 또 무서워. 나 어떡하지.

일단 남들이 널 사랑해주길 바라기 전에 먼저 스스로를 사랑해줬으면 좋겠어. 그게 사랑을 받기 위한 준비라고 생각해. 상처를 받아 본 적 있다고 해서 또다시 상처받을 생각부터 하지 말고 우선 네 자신을 먼저 사랑해줘. 너는 네가 생각하는 것보다 훨씬 사랑스러운 사람이니까.

읽음

스스로를 사랑하는 방법을 모르겠다면,
우선 본인의 장점부터 찾아봐.
너는 생각보다 잘하는 것도 많고
예쁜 구석도 많은 사람이야.

이렇게 뻔한 말과 위로들 수없이 들었겠지만
사람 사는 게 다 그래. 다 비슷해.
너만 그런 것은 아니니까
너무 걱정은 하지 말아.

너는 소중한 사람이야.

연결고리

사랑하는 사람이 생겼을 때 가장 하고 싶은 일이 무엇이냐 물으면 어떤 것들이 떠오르세요?

저는 커플링이 가장 하고 싶어요. 한 번도 해보지 못한 것 때문이기도 하지만, 의미가 너무 예쁘잖아요. 두 사람이 똑같은 두 개의 반지를 나누어 낌으로써 하나가 되는 것 같아서요. 커플링을 검색하면 두 가지의 뜻이 나와요.

축이음: 축과 축을 연결하기 위하여 사용되는 요소 부품.
커플링: 연인 혹은 부부가 사랑의 징표로서 끼는 반지.

직역하면 다른 뜻이지만 의역하면 같은 뜻이 돼요. 두 개가 하나로 연결된다는 의미에서요. 커플링을 선물하는 사람의 마음도 그런 것이겠지요. 저는 이제 당신과 하나가 되고 싶습니다. 하는 그런 마음.

제게는 누가 먼저 선물해야 하고 가격이 어떻고 그런 건 하나도 중요하지 않은 것 같아요. 저런 마음이라면 누가 먼저랄 것도 없이 행복할 것 같거든요.

나중에 제 손가락에 반지가 끼워져 있는 날이 온다면 꼭 그렇게 생각해주세요. 아, 저 사람은 하나가 되고 싶은 사람을 만났구나 하고.

지금 당신의 손가락엔 무엇이 끼워져 있나요? 하나가 되고 싶은 마음일까요, 그 마음의 흔적일까요. 사실 이제 와서 무엇이면 어때요. 그때 느꼈을 소중한 감정들은 변하지 않을 텐데.

우리에게도 그런 증표가 있었다면 하나가 될 수 있었을까요. 아니면 하나였던 흔적만이 남았을까요.

나 그 사람이랑 헤어진 지 벌써 일 년이나 지났는데 갑자기 너무 보고 싶어. 진짜 힘들게 잊은 줄 알았는데 문득 떠오르기 시작하니까 끝도 없이 생각나. 어떻게 하지, 그냥 연락해볼까.

아니, 그건 아니야. 갑자기 떠오른다고 해서 연락하는 건 너나 그 사람이나 혼란스럽기만 할 거야. 그렇게 충동적인 마음 말고, 너무 생각나서 보고 싶지만 답장이 안 오더라도 후회 안 할 자신 있을 때가 오면 해. 그게 아니라면 일단은 조금 더 버티면서 기다리는 게 서로한테 나은 것 같아.

읽음

연락했는데 답장이 안 오면 어떻게 할 건데.
상처도 받고 오히려 더 생각나고, 안달 나고
괜히 연락했나 하면서 후회도 할 거고 말이야.

답장이 온다고 한들
너랑 같은 마음일 거라는 보장도 없고
그때와는 다른 차가운 모습을 보일지도 몰라.

단지 너를 위해서야. 네가 상처받지 않길 바라.
연락을 하더라도 모든 걸 감당할 수 있을 때
연락한 걸 후회 안 할 자신이 있을 때
그땐 아무 말도 하지 않고 너의 선택을 응원할게.

애매한 감정은 너에게도 그 사람에게도 좋지 않아.

그렇게 만나고 사랑하고 잠깐 멀어 졌다가도 다시 만나고 사랑하던 모든 과정들이 결국엔 이별로 가는 과정이었잖아. 그렇다면 결국 사랑은 이별을 하기 위해 존재하는 걸까.

정말로 그렇게 생각해? 네가 누군가를 사랑하면서 느꼈던 감정들을 떠올려봐. 너는 그 시간들이 단지 이별로 가는 과정이었다고 말할 수 있겠니.

읽음

네가 마지막 이별을 하면서
얼마나 슬퍼했는지 모르는 게 아니야.

단지 네가 그 사람을 사랑할 때에
행복해하던 표정과 예쁜 감정들을
잊지 않았으면 해.

그 사람을 온전히 네 것이라 착각하지 않아야 해. 서로의 마음을 가졌다고 해서 그 사람의 인생까지 가졌다고 착각해서도 안 되고 함께 있는 시간들이 행복하다고 해서 그 사람의 모든 시간들이 네 것이라 여기지도 않아야 해.

사랑은 둘이 하는 거지만 이별은 혼자서 할 수도 있다는 것을 잊지 않아야 하며 그 사람이 없어지더라도 너는 계속 앞으로 나아가야 한다는 사실을 잊지 않아야 해. 현명한 사랑은 그런 거야. 그렇게 하는 거야.

그 사람을 만나는 내내 나를 좋아하긴 하나 싶은 생각만 들었는데, 헤어지고 나서도 나를 좋아하긴 했을까 하는 생각만 들어서 너무 힘들어.

글쎄, 나는 네가 더 이상 그 사람의 감정을 궁금해하지 않았으면 좋겠어. 매번 같은 이유로 너를 헷갈리고 힘들게 하는 사람의 감정보다는 네 감정은 어떤지를 아는 게 더 중요하지 않을까.

읽음

그러는 너는 어때.
그 사람을 진심으로 좋아했니.
시간을 되돌린다고 해도
똑같이 좋아할 수 있겠니.

그래, 그럼 됐어.
네가 진심이었다면 됐다.
너는 진심으로 그 사람을 사랑했고
지금은 그 사랑이 끝난 것뿐이야.
더는 그 사람의 감정에 연연하지 말자.

네 감정이 사랑이었다면 그건 사랑이 맞아.

그 사람은 나를 잊고 행복하게 잘
지내고 있는데 나는 그 사람을 못
잊어서 너무 힘들고 괴로워.

왜 그 사람은 너를 잊고 잘 살고 있다
고 확실하고 단정 짓는 거야? 확인된
사실도 아니고 혼자만의 생각이잖아.
지금 그 사람의 마음이 어떤 상태인지
본인 말고는 아무도 모르는 거야. 확실
하지도 않은 부정적인 생각들로 스스
로를 더 우울하게 만들지 마.

읽음

이별 앞에서 아무렇지도 않은 사람은 없어.
미안한 마음이든 아쉬운 마음이든 다들 똑같아.

겉보기에 아무렇지 않아 보인다고 해도
그건 겉일 뿐, 속은 알 수 없는 거니까.

그러니까, 그런 혼자만의 생각으로
스스로를 더욱 우울하게 만들지는 마.

그 사람의 마음을 스스로 판단해버리지 마.

타인의 마음을 확신하지 말 것

"벌써 그 사람은 저를 잊고 너무 행복하게 살고 있어요. 전 너무 힘들고 아픈데."

"분명 기다리면 다시 연락이 오겠죠. 그 사람도 저와 같은 마음일 테니까."

"그 사람이 저 때문에 힘들어하는 것 같아요. 아무래도 제가 옆에 있어 줘야겠어요. 그 사람 저 없으면 안 돼요."

"상태 메시지가 너무 우울해 보여요. 분명 저더러 보라고 해놓은 것 같아요. 연락해도 되는 거겠죠?"

"그 사람이 올린 사진을 보니 제가 사줬던 옷을 입고 있었어요. 그 사람도 아직 저를 잊지 못한 것 같아요."

사람들의 고민이나 하소연을 들어줄 때 가장 많이 들었던 얘기들이에요. 본인들의 생각처럼 믿고 싶은 마음들을 모르는 건 아니지만, 타인의 마음을 확신하지 않았으면 좋겠어요. 상대방의 마음은 그 사람만이 알고 있는 것이고 함부로 판단하고 확신하고 행동했다가는 서로에게 상처가 되는 것이 대부분이기 때문에.

이별하고 나서도 나에게 상처를 주는 건 이별을 통보한 그 상대가 아니라 나 스스로인 경우가 더 많아요. 상대방의 행동 하나하나에 의미부여를 해서 스스로를 희망 고문하게 되는 거죠.

부디 이제는 그러지 말아요. 그 사람이 어떤 감정이고 어떤 상태인지 그런 것들을 판단하지 말아요. 차라리 내가 지금 어떤지를 한 번 더 생각하는 시간을 가졌으면 좋겠어요. 타인이 아닌 내 감정들을 먼저 보살펴 주세요.

의미부여를 하는 순간, 상처는 오롯이 내 몫이 된다.

왜 힘든 일들은 항상 한 번에 오는 걸까
천천히 순서대로 오면 좋을 텐데.

글쎄, 한 번에 온다기보다 이미 다
쳐있는 상처에 또 작은 생채기가
나버려서 더욱 아프게 느껴지는
건 아닐까. 평소에는 쉽게 넘길 수
있는 일인데도 말이야.

읽음

지금 상처를 받아서 약해져 있는데
또 다른 상처가 나버렸으니
평소보다 훨씬 아프게 느껴지는 거지.

상처가 나을 때까지 잠시 쉬어가는 건 어떨까.
굳이 누군가가 옆에 있지 않아도 괜찮아.
네 스스로도 충분히 치료할 수 있을 거야.

현실을 사는 사람

좋아하던 사람이 있었어요.

처음엔 그 사람을 볼 때마다 예전의 저를 보는 것 같아서 마음이 아팠어요. 예전의 저처럼 빈틈 하나 없이 시간에 갇혀 사는 사람 같아서 너무 속상했어요. 안타까움, 속상함 같은 감정들이 다인 줄 알았는데 보면 볼수록 그게 아니더라고요. 그 사람이 자꾸 생각나고 보고 싶고 또 내가 안아주고 싶고 보살펴주고 싶은 마음이 들었어요. 예전의 저와 닮은 사람이라 더 눈길이 간 건 사실이지만, 좋아하게 된 계기랄까 그런 이유는 따로 있었어요. 그 사람과 했던 아주 짧지만, 인상 깊은 대화 때문에요. 속 얘기를 도통 안 하는 사람이라 무슨 생각을 하고 사는지조차 짐작이 안 가는 사람이었거든요. 술이 한잔 들어가서 괜스레 예전 생각들이 떠올랐나 싶기도 하고, 사실 어떤 이유든 상관없지만요.

아주 오래 만났다던 전 사람에 대한 얘기를 해줬어요. 그 사람에겐 미안하지만, 자세한 내용은 기억나지 않아요. 단지 그때 그 사람의 표정이라던가 감정들이 선명할 뿐, 대화를 나누는 내내 그 사람의 표정은 다채롭게 변했거든요. 마치 그때로 돌아간 듯 세상 행복한 얼굴이 되었다가 시간이 지날수록 씁쓸해졌다가.

결론은 현실에 부딪혀서 헤어지게 되었다는 것만 기억이 나네요. 얘기를 듣는 내내 그 사람의 표정들에 집중하느라 대화 내용을 제대로 듣지 못한 건 무척 미안했지만, 그 덕에 그 사람의 감정만큼은 분명하게 느낄 수 있었어요. 아, 이 사람은 예전의 사람을 무척이나 사랑했구나. 소중히 아껴가며 만났었구나. 그런 사람과 헤어질 때 얼마나 속상했을까요. 그래서 지금은 연애를 안 하고 싶다고 했어요. 준비가 안 된 사람이라 그런 이별을 겪어야 했는데, 아직도 준비가 안 되어있는 것 같아서 사랑하는 게 무섭다고. 또 같은 일을 겪고 싶지 않아서 지금은 현실에만 집중하고 싶다고요.

이렇게 단호하게 사랑을 하고 싶지 않다는 사람에게 끌리다니. 저도 제가 이상하다는 생각이 들긴 했어요. 그래서 그 사람과 헤어지고 나서 집에 오는 길 내내 생각해봤어요. 대체 어느 부분에서 내가 그런 감정을 느낀 걸까. 나라는 사람은 안중에도 없이 옛사랑 얘기를 하며 행복해하던 모습? 아니면 씁쓸해 보이는 뒷모습? 어쩌면 방어적인 모습에 안타까운 마음이 들어서일까요. 본인 말로는 지금의 삶에 만족하고 있고 앞으로 더 나아갈 일만 남았다고 하는데 왜 자꾸 생각나고 걱정될까요. 왜 자꾸 겁이 나서 웅크린 사람처럼 느껴지는 걸까요.

그날 이후로 전 아무것도 손에 잡히지 않았어요. 시도 때도 없이 그 사람 생각이 났어요. 밥은 챙겨 먹었을까, 잠은 잘 잤을까, 요즘도 과음하는 날이 잦을까. 그럼에도 불구하고 저는 아무런 연락도 하지 않았어요. 겁이 났거든요. 이미 상처가 있는 사람에게 어떠한 혼란도 주고 싶지 않았어요. 지금의 삶에 만족한다며 현실을 살아가는 중이라고 말하는 그 사람에게 그곳을 나오라고 말할 자신이 없었어요. 무언의 감정표현을 하기도 전에 방어부터 하는 사람에게 할 수 있는 일이 뭐가 있겠어요. 그저 바라볼 수밖에.

예전에 제가 그랬거든요. 어떤 누군가가 와도 마음을 열지 않아야지, 다시는 상처받지 않아야지 하면서 저 스스로의 일에만 집중하는 시간을 보냈어요. 적지 않은 시간 동안 그러다 보니 마음을 열고 싶어도 열 수가 없더라고요. 사랑을 주고 싶어도 줄 수가 없어요. 너무 굳게 닫아놔서 스스로조차 열 수 없는 거예요. 그걸 아는 내가, 어떻게 그 사람에게 마음을 강요할 수 있겠어요. 그동안 힘들게 참아내느라 이제는 억지로 꺼내기도 어려울 텐데.

정말 해주고 싶은 게 많았지만 할 수 있는 일이 없다는 게 얼마나 속상했는지 몰라요. 사실 나도 그랬었다. 네 맘다 안다. 이런 말을 한들 달라지는 게 있었을까요. 오히려 누구보다 잘 살고 있다고 자부하는 저 사람의 마음에 내가 상처를 입히는 건 아닐까 하는 걱정들 때문에, 정말 아무것도 할 수가 없었네요.

지금 내가 하는 얘기는 전부 그 사람에게 해주고 싶은 얘기일지도 몰라요. 그때 해주지 못한 말들이 너무 많았으니까요. 하지만 그 사람이 아니더라도 지금 그렇게 사는 누군가가 있다면 제 얘길 꼭 들어줬으면 좋겠어요. 지금 그렇게 사는 게 정답이라고 느낄 수도 있지만, 그건 현실적인 게 아니라 현실에서 도피하는 것일지도 몰라요. 그때 현실을 이겨내지 못한 건 지금의 내가 아니라 그때의 나잖아요. 언제까지고 그때의 기억에 갇혀 있을 수는 없는 거잖아요. 혼자인 스스로의 삶에 만족한다고 사람을, 사랑을 거부하고 사는 인생이 얼마나 쓸쓸하고 외로운 건데.

조금만 주변 사람에게 시선을 나눠주세요. 다른 사람이 아닌 본인을 위해서, 언젠가는 다시 누군가를 사랑할 수 있도록 준비를 해주세요. 부디 당신이 현실이라는 벽을 쌓고 그 안에 스스로를 가두지 않았으면 좋겠어요.

현실에 갇힌 마음들을 꺼내주고 싶었어요.
그것이 상처받지 않는 방법이라 생각했겠지만,
제 눈엔 오히려 더 아파 보이고 안쓰러웠거든요.

참으면 병나요

너무 힘든데 왜 참고만 있어요?

힘들면 힘들다고 말해도 돼요. 너무 아프면 엉엉 울어도
돼요. 그렇게 참다가 병나요. 그렇게 참는다고 누가 알아줘
요? 그렇게 힘들고 아픈데도 잘 참았네 하면서 칭찬해주는
거 아니잖아요. 힘들면 누군가한테라도 털어놔요. 나 너무
힘들어하면서 징징거려도 돼요. 사람은 그렇게 강하지 않아
요. 혼자 감당하기엔 너무 벅차잖아요. 참지 말아요.

사실 예전에 제가 그런 적이 있거든요. 아픈데도 나 아파
요. 하고 말을 못 했어요. 제가 아픈 걸 남한테 말하는 게 그
렇게 어려웠어요. 힘든 일이 있어도 혼자 삭혀야 하는 줄 알
았어요. 어쩌다가 못 참고 울기라도 하면 운 티를 안 내려고
엄청 노력했었어요. 마치 누군가한테 들키면 안 되는 것처
럼 말이에요.

정말 참으면 병이 나요. 혼자 끙끙 앓고만 있던 상처들

이 곪을 대로 곪아버려서 더욱 아팠어요. 저도 속에 있던 얘기들을 꺼내기 시작한 지 얼마 안 됐어요. 근데 꺼내다 보니 끝도 없이 나왔어요. 그 정도일 줄은 몰랐는데 스스로 앓고 있던 것들이 정말 많았어요. 꺼내고 나니까 속이 시원했어요. 정말 뻥 뚫린 기분이랄까.

내 속을 같이 들여다 봐주는 누군가가 있어 주는 것만으로도 나아져요. 물론 누군가에게 내 상처를 보여준다는 건 큰 용기가 필요한 일이에요. 하지만 상처를 계속 숨기다가 곪게 놔둘 순 없잖아요. 치료받고 싶으면 본인이 먼저 마음을 열어주세요.

상처를 보여줘야 치료도 할 수 있는 거니까요.

나 아파요. 힘들어요.

처음이 어렵지, 다음부터는 쉬워질 거예요.

가끔은 어린애처럼 울어도 괜찮아요.

아파서 죽을 것 같다며 난리를 치는 것보다
사실 덤덤하게 말하는 게 더 아프고 안쓰럽다.
아픔을 참고 있다는 것이 고스란히 느껴지니까.
내가 그래 본 적 있으니까.
안다. 얼마나 아픈 지.

분명 네가 덤덤해진 데에는
여러 가지 이유들이 있었겠지.
걱정 시키고 싶지 않았거나
혼자 참아내는 것이 익숙해졌거나.

그런데 금방이라도 터질 것 같은 슬픔은
어떻게 할 수가 없었겠지. 덤덤하게라도
말을 해야 버텨낼 수 있었겠지.
안다. 지금 네가 얼마나 아픈지.
그러니 애써 덤덤한 척하지 않아도 된다
그렇게 말해주고 싶다.

울어도 괜찮다.

마음껏 슬퍼해도 괜찮다.

다들 그런 마음일 테니.

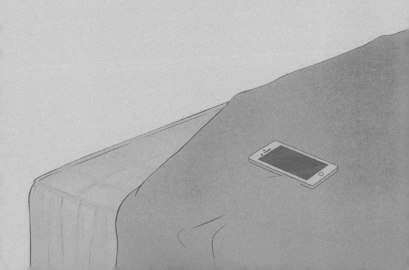

4. 어쩌면 네 이야기

연애하고 싶지 않아

됐어, 연애는 무슨.

늘 그렇게 말하던 사람이었다. 이미 연애라는 것에 지치고 질린 사람처럼 보였다. 그녀가 몇 번의 연애를 하고 나서 깨달은 게 있다면 '연애 따위는 안 하는 게 낫겠구나.' 였다.

그도 그럴 것이 그녀가 해본 몇 번의 연애들은 전부 비슷했다. 처음엔 하늘의 별도 따줄 것처럼 굴던 사람들이 시간이 지나면서 점점 변해갔다. 그녀에게 무심해지는 것은 물론이고 이성 문제로도 스트레스를 받아야만 했다. 이런 게 연애고 사랑이라면 안 하는 게 낫겠다고 생각할 만했다. 굳이 사서 스트레스를 받을 필요가 있을까. 혼자서도 할 수 있는 일들은 많았다.

이미 혼자가 편하고 익숙해진 그녀에게 지인들은 항상 연애를 권유했다. 아니 굳이 왜? 혼자가 얼마나 편한데. 속

는 셈 치고 한 번 만나보라는 지인의 끊임없는 권유에 일단
은 약속을 잡긴 했는데. 영 내키지 않았다.

집에 잘 들어갔어요? 오늘 정말 즐거웠어요.
가희씨만 괜찮으면 저는 다음에 또 뵙고 싶어요.

덕분에요. 저도 정말 즐거웠어요. 먼저 말해줘서
고마워요. 다음 주말에도 시간 맞춰서 봐요.

읽음

　신기할 만큼 비슷한 점도 많고 말도 잘 통하고 생각하는 것도 어른스러워서 배울 점이 많은 사람 같았어요. 이 사람이라면 좀 다르지 않을까, 내가 여태 해온 연애들과는 좀 다른 연애를 할 수 있지 않을까 하는 생각이 들 만큼이요.

　배려면 배려, 이해면 이해 하나도 빠지는 게 없는 사람이었어요. 그 사람과 헤어지고 집에 들어가서도 휴대전화만 만지고 있었어요. 도착했을까, 연락해볼까, 내가 마음에 들지 않았으면 어떡하지 하면서 마음을 졸이고 있었는데, 그 사람한테 먼저 연락이 왔어요. 기분이 너무 좋았지만, 최대한 티 내지 않으려고 노력하면서 답장을 보냈어요. 벌써 티를 내면 금방 질려 할 수도 있잖아요. 절대 먼저 빠지지 않을 거예요. 이번엔 예전과 같은 연애를 반복하고 싶지 않거든요. 아직은 이 정도 감정이 적당한 것 같아요. 적어도 지금은요.

가희야, 잘 들어갔지? 너 오늘 정말 예쁘더라. 사실 보자마자 말해주고 싶었는데 부끄러워서 이제야 말하네. 저번에도 예뻤지만, 오늘은 특히 더 예뻤어. 오늘도 시간 내줘서 고마워. 잘 자고 예쁜 꿈 꾸고 일어나면 연락할게! 내일 보자, 가희야.

고마워요. 아니, 고마워 오빠. 아직은 말 놓는 게 익숙하지가 않아서 자꾸 까먹게 되네. 그래도 우리가 더 친해진 느낌이라 좋다! 계속 편하게 해주려고 노력해줘서 고마워. 오빠한텐 매번 고맙다는 말만 하게 되는 것 같아. 오빠도 잘 자, 나도 일어나면 연락할게.

읽음

아, 오늘은 정말이지 하루 종일 설레서 죽는 줄 알았어
요. 오빠가 오늘따라 유독 멋있게 하고 온 거 있죠. 참, 우리
벌써 말 놓기로 했어요. 오빠는 그게 더 편하대요. 뭔가 불
편한 사이처럼 느껴지는 것보다 그게 더 좋다고 했어요. 사
실 저는 아직 어색하긴 한데, 오빠가 좋아하는 모습 보니까
이게 더 좋은 것 같아요.

그리고 제가 일부러 약속 시각보다 20분 일찍 나갔는데
도 먼저 기다리고 있던 거 있죠. 게다가 내가 저번에 시켰
던 커피를 기억하고 먼저 주문까지 해놨어요. 세상에 이런
사람이 대체 어딨어요. 진짜 이번엔 제대로 만난 것 같아요.
이번엔 정말 제대로 된 연애를 할 수 있을 것만 같아요. 오
늘은 얼굴에 팩이라도 붙이고 자야겠어요.

내일 또 오빠랑 만나기로 했거든요.

가희야 나 받아줘서 정말 고마워. 내가 앞으로 진짜 잘할게, 정말이야. 아, 오늘은 기분이 좋아서 잠도 안 올 것 같은데. 지금 통화할까? 너 괜찮아? 벌써 네가 보고 싶은 것 같아.

아니야, 내가 더 고마워. 오빠랑 있으면 내가 정말 행복한 사람이 되는 것 같아. 매번 웃게 해주고 예뻐해줘서 너무 좋아. 잠깐만, 나 잘 준비만 하고 내가 바로 전화할게! 그리고 나도 벌써 오빠가 보고 싶은걸.

읽음

그 뒤로도 우리는 몇 번이나 더 만났어요. 만나면 만날수록 너무 좋아서 내가 먼저 고백할까 하는 생각도 했었어요. 그러다 오늘 오빠가 집에 데려다주는 길에 먼저 말을 꺼낸 거 있죠.

순간적으로 놀래서 눈물이 날 뻔했는데, 다행히 울진 않았어요. 그냥 웃으면서 "그렇게 하자, 고마워 오빠."라고 말했어요. 집에 들어오자마자 침대에 누워서 얼마나 소릴 질렀는지 몰라요. 너무 기분이 좋았거든요. 최근 들어 이렇게 행복한 날이 있었나 싶을 만큼, 하늘을 날아가는 기분이 이런 건가 싶을 만큼.

어떡하죠. 진짜로 오빠가 너무 좋아요. 벌써 헤어질까 봐 불안할 만큼 너무 좋아져 버렸는데, 저 잘하고 있는 거 맞겠죠. 이번엔 정말 서로 사랑하고 사랑받고 그렇게 행복할 수 있는 거 맞겠죠. 분명 그럴 거예요.

꼭 그랬으면 좋겠어요.

이번에 휴가 맞춰서 같이 놀러 가자. 저번에 제주도 가보고 싶다고 했었지? 내가 준비할 테니까 맞출 수 있는 날짜만 말해줘요. 너랑은 제주도 말고도 가고 싶은 곳이 너무 많은데, 우리 전부 다 가보자. 꼭. 내가 정말 많이 사랑해.

응, 그럴게요. 오빠랑은 사실 어딜 가도 좋은걸. 오빠 덕분에 나는 요즘 매일이 여행 같아. 오빠랑 있으면 평범한 일상조차 새롭고 즐겁고 행복해. 항상 고마워요. 나도 정말 많이 사랑해.

읽음

사실 저한텐 어딜 가는지는 별로 중요하지 않아요. 누구랑 가느냐가 가장 중요하거든요. 분명 오빠라면 어딜 가든 행복할 것 같았어요. 매번 여기저기 데려가 주는 것도 너무 좋은데, 저렇게 말해주니까 정말 고마운 거 있죠. 앞으로도 저랑 이곳저곳을 가고 싶어 하는 것 같아서요. 아니, 이 사람의 다음 여행에도 계속 내가 함께 있을 거라고 장담하는 것 같아서요.

연애 초반의 불안함은 이제 거의 사라졌어요. 이 사람은 믿어도 될 것 같아요. 사실은 이제 온전히 믿고 싶어요. 우리가 만난 지 6개월쨌데, 오빠는 단 한 번도 변했다고 느끼게 한 적이 없어요. 우리 사이에 변한 거라곤 서로를 생각하는 마음이 조금 더 커졌다는 것 외엔 아무것도 없었거든요.

이제 진짜로 오빠를 사랑하게 된 것 같아요. 같은 게 아니라 사랑하는 게 맞아요. 그동안 상처받을까 걱정하면서 참아왔던 마음이 한 번 터지니까 끝도 없이 나오네요. 더 이상 아무런 걱정도 없이 이렇게 사랑만 하면서 살 수 있을 것 같아요. 지금 너무 행복해요. 진심으로.

그렇게 아파했으면서

어쩌자고 또 사랑에 빠져서는.

오래도록 아파하고 앓았으면서
또 사랑을 하겠다니.
대체 무슨 부귀영화를 누리겠다고
그런 마음을 먹은 거니.

그렇게 힘들어했으면서도
느끼는 게 없는 거니, 겁이 없는 거니.
사랑이 얼마나 무서운 건데
그걸 다시 하겠다니
대체 나란 사람은 왜 이렇게 미련한 거니.

사랑, 또 이별.

지겨울 만큼 해놓고

대체 어쩌자고 또 사랑에 빠진 거니.

미안, 갑자기 야근이 생겨버려서.
내가 끝나자마자 전화 할게.

아냐, 일 때문인 건데 어쩔 수 없지. 그
래도 우리 몇 일 만에 보기로 한 건데
좀 아쉽다. 대신 다음에 만나면 맛있는
거 먹으러 가요. 오늘은 먼저 잘게! 밥
은 챙기면서 일해, 몸 상해.

읽지 않음

기분이 좀 그래요. 오빠가 잘못한 건 아닌데도 괜히 서운하고 그러네요. 요즘 많이 바쁘거든요. 일 때문에도 바쁘고 주변에 지인들 경조사도 많아져서 만나는 날이 눈에 띄게 줄어들었어요.

그래도 티 안 내려고 노력하고 있어요. 아무리 연인 사이라도 이런 건 이해해줘야죠. 저 때문에 오빠가 일을 소홀히 한다거나 지인들과 멀어지는 건 원치 않거든요. 잠깐 바쁜 시기만 지나면 우리는 다시 원래대로 돌아올 테니까, 저는 정말 괜찮아요. 분명 괜찮은 것 같은데 마음이 그렇게 좋지는 않네요. 오늘은 빨리 잠들었으면 좋겠어요.

자꾸 나쁜 생각들만 떠오르거든요.

어떻게 사람이 하루 종일 휴대폰만 붙잡고 있을 수가 있어. 이런 거로 서운해하지 않기로 했잖아. 가희야, 나도 지금 힘들어. 그러니까, 너랑 이런 별것도 아닌 일로 싸우고 싶지 않으니까 제발 그만 하고 내일 연락하자.

별것도 아닌 일? 오빠한테는 지금 이게 별것도 아니라고? 그동안 내가 얼마나 끙끙 앓으면서 참아왔는데, 오빤 이게 별것도 아닌 일이구나. 그렇게 말하기까지 어떤 생각을 하면서 견뎠을지 내 입장은 생각이나 해봤니? 변한 게 아닐 거라고 오해일 거라고 생각하면서도 계속 눈물 나고 불안하고 미칠 것 같은데. 나는 오빠랑 싸우기 싫어서, 오빠 괜히 신경 쓰게 하고 싶지 않아서 혼자 오랜 밤을 울면서 버텨냈는데 너는 이 상황이 아니, 내가 별것도 아닌 거였구나.

읽음

어쩌면 오빠는 그대로인데 나 혼자 걱정하는 건 아닐까 그런 생각들도 들었어요. 차라리 그게 더 나을 것 같기도 해요. 저는 그렇게 믿고 싶거든요.

그래도 이건 너무 하잖아요. 매일 밤, 잠드는 게 아쉬워서 몇 시간을 전화하던 사람이었어요. 수시로 밥은 먹었느냐며 지금은 뭐하냐며 문자를 보내주기도 했었어요. 그런 사람이 이젠 하루에 문자 한 통, 전화 한 통이 바빠서 어렵다고 해요. 평일에 잠깐이라도 시간 내서 내 얼굴을 보러 오던 사람이 이젠 주말도 만나기가 힘들다고 해요.

이젠 내가 그 사람한테 아무것도 아닌 것처럼 느껴져요. 예전엔 내가 전부라던 사람인데 지금은 아닌 것 같아요. 나 외에 중요한 게 더 많아진 사람 같아요.

나를 좋아하던 그 사람이 아닌 것 같아요.

무슨 말이 듣고 싶어서 그러는데? 그런 거 아니라고 몇 번이나 얘기했잖아. 나 너 아니어도 충분히 힘들어. 제발 그만 좀 싸우자 이제. 아니면 헤어지기라도 하자는 거야? 네가 진짜 원하는 게 그거야? 그럼 그렇게 해.

그게 아니잖아. 내가 지금 헤어지고 싶어서 이러는 거로 보여? 이게 다 오빠 좋아해서 그러는 거잖아, 헤어지기 싫으니까 좋아하니까 서운하다고 말하는 거잖아. 예전엔 말하지 않아도 다 알아주던 사람이 왜 이젠 말을 해도 몰라주는 건데.

읽음

그럼 당분간 생각할 시간 좀 갖자. 아무래도 이렇게 지내다간 서로한 테 좋을 게 없을 것 같아서 그래. 매일 싸움만 반복할 바에 떨어져 지내면서 서로에 대해 생각할 시간이 필요한 것 같아 우리.

그래. 그게 맞다고 생각하면 그렇게 해. 나도 이제 모르겠다. 오빠가 좋은 건 확실한데, 이렇게 계속 만나는 게 맞는지 잘 모르겠어.

읽음

그래, 늦었으니까 일단 쉬고 내가
다시 연락할게.

응, 그래도 너무 오래 걸리지 않았으
면 좋겠어. 나는 우리 싸움이 길어
지는 게 싫어. 다시 예전으로 돌아갈
수 있는 시간이 됐으면 좋겠다.

읽지 않음

조금 극단적인 방법일진 몰라도 이게 최선이라고 느꼈어요. 나도 오빠도 서로에 대해 생각할 시간이 필요했어요. 사실 우리 사이에 어떤 변화가 있었으면 좋겠다고 생각했어요. 나도 그리고 오빠도 처음으로 다시 돌아갈 만한 계기가 필요했으니까, 조금 떨어져 지내다 보면 다시 서로의 소중함을 알게 될 거라고 생각해요.

하지만 요즘 따라 우는 일이 잦아진 것도, 그걸 보고서도 아무렇지 않은 듯 담담한 얼굴로 서 있는 오빠를 보는 것도 너무 힘들어요. 정말 예전엔 내가 눈물 한 방울이라도 흘릴라치면 놀라서 안절부절못하던 사람인데.

그때의 기억들로 매일 버티고는 있는데 때로는 그때의 기억들 때문에 더 슬퍼지기도 해요. 나를 제일 행복하게 만들었던 시간들이 지금은 나를 제일 슬프게 하네요.

전화는 왜 안 받는 건데. 생각할 시간 좀 갖자고 하더니 오빠가 말한 생각할 시간이라는 게 이런 거야? 이렇게 연락 한번 없이 멀어지는 거? 제발 전화 좀 받아봐. 얼굴 보고 얘기하자. 귀찮게 안 할 테니까 전화 받아.

읽지 않음

진짜 어떻게 하면 좋아요. 벌써 한 달쨌데 오빠가 아무런 연락도 없고 내 전화도 안 받아요. 설마 우리가 이렇게 헤어지는 건 아니겠죠. 아직 정리가 안 된 것 같다고, 조금만 더 나중에 연락하겠다고, 그렇게 답장 한 번이라도 해주면 좋겠는데 계속 피하기만 해요.

어떡하죠, 진짜 이대로 헤어질까 봐 무서워서 죽을 것 같아요. 정말 헤어지기 싫은데, 이대로 끝내고 싶지 않은데 생각할 시간을 갖자는 말이 이런 뜻인 줄 몰랐어요. 이렇게 우리가 멀어지는 시간을 갖게 되는 건 줄은 상상도 못 했어요. 이럴 거면 그때 그냥 잡을 걸, 생각할 시간 필요 없다고 난 오빠랑 헤어지기 싫다고 당장 만나서 얘기하자고 그렇게 말할 걸 그랬어요.

지금 마음 같아서는 매일 전화하고 문자 보내고 찾아가고 싶은데, 오빠가 더 질려 하면 어떻게 해요? 정말 이러다 다신 못 보게 되면 그땐 진짜 어떻게 하죠.

미안, 정말 미안하다는 말 외엔 해줄 말이 없다. 미안하다.

차라리 변명이라도 하지, 일 때문이 건 집안 사정이건 핑계라도 대지. 무 조건 미안하다는 말이면 다야? 이건 아니야. 이렇게 문자 한 통으로 헤어 질 사이 아니잖아, 우리. 제발 만나서 얘기하자. 내 얼굴 보고 얘기해. 내 눈 똑바로 보면서 헤어지고 해.

읽지 않음

이게 우리 마지막이었어요. 고작 이런 게 우리의 끝이래요. 나는 정말 뭘 기대한 걸까요. 정말 나를 진심으로 좋아하긴 했을까요. 적어도 그랬다면 이런 식으로 헤어지지는 않았겠죠. 대체 뭐가 문제였을까, 내가 뭘 잘못한 걸까.

아무리 생각해봐도 모르겠어요. 이 사람이 진심으로 나를 생각해준다고 믿었고, 나 역시 진심으로 대했는데 어쩌다 우리가 이렇게 된 걸까요. 분명히 사람은 다를 거라고 확신했었는데 어떻게 된 게 여태까지의 연애와 하나도 다를 게 없는 거죠. 매번 내 연애는 왜 이런 거죠.

혹시 나만 이런 걸까요. 나만 이런 사람을 만나고 이런 사랑을 하고 이런 상처를 받는 걸까요.

그리고 그 후

　　그렇게 두어 달이 지났을까. 남자는 몇 번이고 매달렸다.
깨닫지 못해서 미안하다고 너 같은 사람이 없더라 하며 그
동안 그녀가 만났던 사람들과 같은 말을 해댔다. 처음 연락
이 왔을 때만 해도 그녀는 많이 흔들렸다. 다시 시작한다면
그때와 다를 수 있을까, 이번엔 진심일까.

　　혼자이고 싶었던 그녀의 마음을 돌릴 만큼 좋아했던 사
람이기 때문일까. 예전의 사람들처럼 쉽게 무시할 수가 없
었다. 하지만 이내 마음을 다잡았다. 이 사람은 분명 또 변
할 것이다. 아니, 원래대로 돌아간다는 것이 맞겠지. 원래 그
런 사람이었을 테니까. 다시 만난다고 한들, 잠깐은 행복할
지 몰라도 이 사람이 그녀에게 상처를 줬던 사실은 변하지
않는다. 슬프지만 그 사실을 잘 알고 있었다.

　　굳이 모질게 말하고 싶지도 않았다. 아니. 한 마디면 충
분했다. 더 많은 대화를 하다가는 본인이 혼란스러울 것 같

았다. 분명 믿고 싶어지고 보고 싶어지겠지. 그녀는 스스로 나름대로 현명한 선택을 했다고 생각한다. 왜 눈물이 나는 지 모르겠다. 서러움일까. 그는 왜 이제 와서.

네 얘기를 듣는 내내 눈물이 나더라. 꼭 내 얘기를 듣는 것만 같았거든. 한 편으로는 나와 같은 상처가 있다는 사실에 내심 위로가 되기도 했어. 참 이상하지? 나와 다른 사람에게서 나를 보는 것만으로도 위로가 된다는 게. 그래서 너는 어떻게 생각해? 이런 우리가 또다시 새로운 누군가를 만나 그때처럼 사랑할 수 있을까, 그 아픔을 겪고서도 또다시 용기를 낼 수 있을까.

응, 이미 해 본 적이 있으니까. 분명 또 사랑을 하게 될 수 있을 거야. 하지만 그때처럼 사랑을 해야 할 필요는 없어. 그때의 그 사람도, 그때의 나도 이미 지나간 감정인걸. 새로운 사람과 새로운 사랑을 하면 되는 거야. 이미 상처를 받은 상태에서 마음을 연다는 게 얼마나 무서운 일인지 잘 알아. 그래도 남은 게 상처뿐만은 아니잖아. 그때의 기억 모두 나에겐 너무 소중한 경험이야. 그렇게 아파하면서도 사랑한 모든 시간을 후회하지는 않아.

읽음

쉬운 일이 아니라는 건 나도 잘 알아.
다시는 그렇게 상처받고 싶지 않다는 마음도
누굴 만나도 똑같을 거라는 생각이 드는 것도
내가 부족한 사람이라 그런 걸까 하는 속상한 마음도
그때의 그 마음 전부 다 알고 있어.

사랑이 끝나면서 내 인생도 끝난 것 같고
더 이상 모든 것에 아무런 의미를 찾지 못하고
완전한 혼자가 된 것 같은 허전함에 잠도 못 자고.

그렇게 힘들어했으면서 또 사랑을 하게 되더라.
사람 마음이라는 게 소모성이 있는 건 아니라서
한 번 끝났다고 다시 할 수 없는 건 아니더라고.

이제 그런 걱정은 하지 말자.
어쩌면 그때보다 더한 마음으로
누군가를 사랑하게 될 지도 몰라.

사랑은 쓸수록 커지는 감정이지

사라지는 감정이 아니거든.

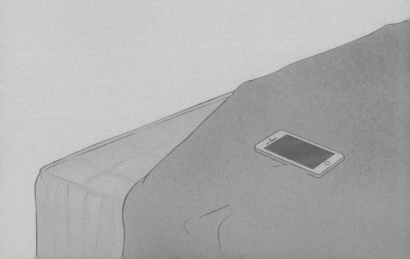

5. 너
  에
  게

  보
  냈
  던

  편
  지

첫 번째 편지

안녕, 오빠. 문득 오빠에게 편지가 받고 싶어져서 떼를 쓸까 하다가 내가 먼저 편지를 쓰기로 했어. 내 휴대전화에 있는 달력을 보니 오늘은 우리가 만난 지 71일이래. 체감은 7년 만난 연인 같은데 고작 두 달 조금 넘었다니, 이상한 일이야. 오빠랑 있으면 시간이 빨리 흘러서 그런 걸까. 71일이라는 짧은 시간 동안 싸우기도 많이 싸웠네. 성격도 안 좋고 자주 토라지는 나를 매번 달래주느라 고생이 많지. 오빠도 속상할 때가 많을 텐데, 항상 내 기분만 생각해서 미안해.

지난 주말에 나에게 처음으로 화내는 오빠를 보면서 이런 생각이 들더라. '아, 나도 기분이 안 좋거나 예민할 때마다 오빠에게 저런 모습을 보였겠구나. 오빠가 이런 기분을 느꼈겠구나. 그런데도 나를 달래주느라 얼마나 힘들었을까.' 하고. 몸이 안 좋다는 이유로, 우울하다는 이유로 아무 잘못 없는 오빠를 신경 쓰이게 하고 불안하게 만든 나를 용

서해줘서 고마워. 집에 가겠다며 고집부리는 나를 잡아준 것도 말이야. 만약 오빠가 잡아주지 않았다면 내 화를 못 이겨 혼자 집에서 엉엉 울었을지도 몰라.

　우리는 정말 다른 점이 많은 사람들이라 서로 맞추기 위해 많이 노력해야 할 거야. 가끔 내가 "나는 원래 이런 성격이었는데, 이렇게 변했어요." 하고 생색내는 건 "나 오빠 정말 많이 좋아해요."라고 하는 거니까, 꼭 알아들어야 해. 표현도 잘 못하고 애교라곤 조금도 없던 내가 오빠를 만나면서 변하고 있는 것 같아. 자꾸만 귀엽다고 해주니 오빠에게만큼은 정말 귀여운 사람이 되고 싶어졌어. 오빠의 말 한마디 한마디가 내게는 참 크게 다가오더라. 물론 싸울 때 내뱉는 '마음에도 없는' 소리도 마찬가지야. 진심이 아닌 걸 알고 있다고 해도 마음에 오래 남더라고. 우리, 서로에게 더 가까워질수록 언행을 조심하도록 하자. 오빠와는 좋은 말만 주고받고 싶어. 표현하는 방식이나 빈도가 나와 다르다고 해서 서운해하지 않을게. 내가 열 중에서 열을 줄 수 있는 사람이면 그거 전부 오빠에게 줄게. 오빠는, 오빠가 가진 다섯 중에서 다섯을 내게 주면 되는 거야. 오빠의 최선이 내 기준의 최선이 아니라고 해서 실망하지 않을게. 약속해.

　사실, 아주 가끔 오빠에게 벽을 느낄 때가 있어. 속 얘기를 하지 않는 것처럼 느껴진다거나 힘든 일이 있는 게 분명한데 털어놓지 않을 때 말이야. 물론 이것도 강요할 생각은 없어. 다만 우리가 조금씩 더 깊어지기를 바라. 앞으로, 조금씩, 계속해서.

하고 싶은 말이 많아서인지, 결국 마지막 말을 하기 위한 편지였던 건지. 조금 횡설수설하는 것 같네. 정리되지 않은 편지지만, 진심은 전달되었을 거라 믿어. 답장 기다릴게. 항상 고마워.

20XX년 11월 20일 오빠의 여자친구가

두 번째 편지

오늘은 수요일이야. 월요일에 썼던 편지는 읽고 나서 읽
는 거 맞지? 가끔 오빠에게 벽이 느껴져서 우리가 조금 더
깊어지길 바란다는 내용이 있어. 그리고 어제 오빠는 내게
생활에 침해받는 것 같다고 말했어요. 우리가 정말 다르다
는 걸 또 한 번 느꼈고 종일 그 말이 머릿속을 맴돌아서 너
무 우울하고 힘들었어. 나름 배려한다고 생각했는데 오빠
기준에는 그렇지 않았고 오빠도 나름 한다고 한 건데, 내 기
준에 그렇지 않았나 봐. 그럼 우린 어떻게 해야 할까. 내가
더 물러나야 할까.

나는 오빠한테 놓치기 싫은 순간이고 싶어. 당장 눈앞의
것들이 너무 중요하더라도 내가 우선이고 싶을 때가 많아.
실제로 그렇게 하지 않더라도, 그렇게 느끼기를 원해. 내가
이렇게 욕심이 많은 사람이야. 지금보다 나를 더 좋아해 줬
으면 좋겠어. 그냥 걸어가다 하늘을 봤는데 너무 예쁘다며
나에게 말해줬으면 좋겠고 오늘은 누군가와 어떤 대화를 했

다며 시시콜콜한 것들을 얘기해 주길 바라. 오늘 우리가 나눈 대화 기억나? 사적인 대화는 없었고 오빠 일에 대한 얘기만 가득했어요. 나는 그런 게 참 서운하더라.

지금 새벽 한 시 십 분이야. 오빠한테 갑자기 전화가 왔어. 지금 내 마음이 예쁘지 않아서 받고 싶지 않은데, 안 받으면 또 이유를 물을 테고 내가 속상하다고 말하면 우리는 싸우겠지? 그럼 오빠는 찜찜한 기분으로 잠이 들 거고 나는 밤을 새고 말 거야. 하고 싶은 말을 꾹 참는 내게 오빠는 "도망치지 마요."라고 했어. 평소엔 눈치도 없으면서 이럴 때만 촉이 좋은가 봐. 그 말을 들으니 계속해 눈물이 났어. 툭하면 서운해하고 또 울고. 요즘 내가 이래. 어린애가 따로 없어. 반면 오빠는 아무렇지도 않아 보이니까 더 속상한 것 같아. 나만 있는 그대로 드러내는 기분이야. 오늘의 편지는 결론이랄 게 따로 없겠다. 단지 내 하소연으로 가득해.

나는 오빠에게만큼은 다루기 쉬운 사람이야. 오빠한테는 매일 속아줄 수 있거든. 우리에게 문제가 생겼을 때, 어떻게든 해결할 생각 말고 표현해줘. 오빠와 있을 때 나에게 생기는 모든 문제들은 애정이 답이야.

20XX년 11월 22일 미운 여자친구가

세 번째 편지

우선 나와 만난 지 백일 된 거 정말 축하해. 오빠는 좋겠다. 내가 여자친구라서 말이야. 영화 취향도 연애 타입도 너무 다른 우리가, 일주일에 다섯 번은 싸우는 우리가 백일을 맞이하다니. 이게 뭐라고 이렇게 신날까. 시간이 흐를수록 나는 자꾸만 유치해지는 것 같아. 안 그래도 빠른 시간이 오빠를 만나고는 더 빠르게 느껴져. 내 주변 사람들이 요즘 나한테 좋아 보여서 부럽다고 해. 하고 싶은 일 하면서 연애도 하고 행복하게 사는 것 같대. 좋은 사람 만나 잘 지내는 것 같아서 보기 좋대. 오빠도 많이 궁금해해. 내가 자랑을 엄청 많이 했거든. 우리 오빠 일도 잘하고 다정하고 자상하고 또 가족을 생각하는 마음이 너무 예쁜 사람이라고 했어. (가끔 무심할 때는 서운하다고도.)

오빠는 정말 좋은 사람인 것 같아. 꼭 말해주고 싶었어. 그래서 오빠랑 있으면 서운하다가도 이해가 되고 배울 점도 많고 대단한 사람이라는 생각을 자주 해. 일이 힘들어도 어떻게든 버티려는 의지가 멋있고 마무리도 대충 하지 않는 사람이잖아. 가끔은 너무 힘들지 않을까 걱정도 돼. 그럴 땐 나에게 투정 부려줬으면 좋겠다. 어떻게 사람이 매일 좋은 모습만 보여. 힘들다고 말하는 건 못난 게 아니잖아. 나는 힘든 일이 있을 때마다 오빠에게 달려갈 예정이니까, 오빠도 가끔은 그랬으면 좋겠어. 괜한 걱정일지도 모르지만 오빠가 "난 힘들면 안 돼!" 이렇게 생각하면서 지내는 게 아닐까 싶어서. 나는 오빠에게 든든한 사람이고 싶어. 힘도 되고 의지도 되는 그런 사람 말이야.

앞으로도 꾸준히 만남을 이어가며 오빠를 도와주는 든든한 지원군이 되어볼게. 투닥거리를 하며 맞춰가는 시기가 얼른 끝났으면 좋겠다. 오늘도 곁에 있어 줘서 고마워.

20XX년 12월 19일 오빠의 여자친구가

네 번째 편지

새해 기념 편지라도 적으려고 했는데, 집에 종이 한 장이 없어서 아쉬운 대로 이렇게 메모지에 편지를 써. 오빠의 작년은 어땠는지 잘 모르겠지만, 나에겐 최고의 해였어. 작년엔 오빠를 만났고 또 많은 사람들에게 사랑을 받은 해였거든. 오빠의 말처럼 소소한 것일지도 모르지만, 나에겐 넘치는 행복이었어. 사실 오빠와 있으면서 훌쩍거린 적도 몇 번 있고 가끔 집에서 혼자 울기도 했었어. 우울해서라든가 슬퍼서 그런 건 아니야. 알잖아, 감정 기복이 심한 사람인 거. 너무 좋고 행복해서 울컥할 때가 있어. 오빠를 만나고 난 뒤부터 꽤, 자주.

맞추기 버거운 성격을 지닌 내가, 때때로 오빠를 힘들게 해도 노력해주고 품어줘서 고마워. 못난 얼굴도 못난 마음도 예쁘게 봐줘서 고맙고 늘 다정하게 대해줘서 고마워. 결핍이 많은 사람인 나를 이렇게 채워줘서 고마워. 더 잘해주고 싶고 더 표현해주고 싶게 만들어준 것도 말이야. 오빠는 스스로를 부족한 사람이라고 했지만, 전혀 그렇지 않아. 나에게 오빠는 너무 크고 가득한 사람이야. 올해는 작년보다 나은 사람이 될게. 내가 많이 사랑해.

20XX년 01월 02일 오빠의 여자친구가

다섯 번째 편지

　내가 가장 사랑하는 우리 엄마가 따뜻하게 불러줄 때도 내 이름이 특별하다고 생각해 본 적 없었어. 그저 나를 부르는 엄마의 음성은 매우 달구나, 싶은 정도였지. '소연' 흔하디흔한 이름. 지나가다 한 번쯤 나를 부르는 목소리에 뒤를 돌아보면 내가 아닌 나와 같은 사람의 이름을 부르는 거였고 성만 다를 뿐, 나와 같은 이름의 친구가 항상 두어 명쯤은 있었던 것 같아. 그러다 보니 내 이름에 별다른 애착이 없지 않았겠니. 시간 날 때마다 개명하는 법이나 검색하며 내 이름과는 다르게 예쁘고 특별한 이름을 탐내기 일쑤였어. 나는 사랑받고 싶은 욕심이 가득한 사람이니까. 들었을 때 기억에 남고 누구나 예쁘다고 생각할 법한 그런 이름을 갖고 싶었어. 아, 네가 불러주기 전엔 그랬었다는 말이야.

　네가 내 이름을 부를 때마다 기분이 이상해. 그저 그렇다고 생각했던 내 이름이 너무 특별하고 소중해져. 네 입에서 나온 내 이름은 너무 예쁜 색을 띠고 있는 것 같아. 또 따

듯하고 애틋해. 가끔은 저릿하고 어떨 땐 포근해. 네 목소리에 담겨있는 사람이 나라는 사실에 행복해져. 너무 많은 감정이 밀려 나와서 어떻게 표현해도 모자란 것 같아. 내가 내 이름을 이토록 좋아하게 만들어줘서 고마워. 너는 꼭 무채색이었던 나를 예쁘게 색칠해주는 사람 같아.

20XX년 02월 13일 너의 소연이가

---

*소연: 작가 본명

여섯 번째 편지

사랑한다는 말을 매일 해도 또 말하고 싶어져서 이렇게 편지를 써. 매일 고마운 마음으로 가득해. 요즘의 우리는 미안하다는 말보다 고맙다는 말, 사랑한다는 말을 더 많이 하는 것 같더라. 그래서 더 좋아. 나는 복 받은 사람이야. 얼마 전, 내가 키우는 고양이가 아팠을 때 오빠가 함께 있어 주지 않았다면 나는 정말 힘들었을 거야. 내 힘든 시간을 함께해줘서 고마워. 나도 오빠에게 도울 수 있는 일이 생긴다면, 최선을 다 해야겠다고 다시 한번 다짐했어. 사랑도 삶도 함께라서 행복해. 얼마의 시간이 될지 모르겠지만, 서로에게 닿아있는 시간만큼은 최선을 다해서 사랑하자. 꼭 지금처럼, 내 부족함도 오빠의 부족함도 서로 안아주자. 정말 많이 사랑하고 고마워. 꾸준히 다정한 것도 나를 매일 설레게 해주는 것도 말이야. 자기 덕분에 웃는 요즘이야.

20XX년 04월 02일 오빠의 여자친구가

일곱 번째 편지

안녕, 보고 싶은 내 사랑. 오빠가 혼자만의 시간이 필요하다며 여행을 떠난 지 이제 4일이 지났어. 너무 보고 싶은데 내가 할 수 있는 일이 없어서 이렇게 펜을 들어. 4년은 지난 기분이지만, 그래도 우리 오빠가 푹 쉬다 왔으면 하는 마음에 나름대로 잘 참고 있는 것 같아. 티도 안 내고 속 얘기도 잘 안 하던 우리 오빠가 요즘 너무 힘들어 보여서 마음이 많이 속상해. 어떻게든 도움 되고 싶은데, 현재로서는 얌전히 기다리는 게 최선인 것 같네. 사람도 일도 오빠를 힘들게 하는 이 시점에 사랑도 힘들면 안 되잖아. 내가 더 잘할테니, 나를 보고 조금이라도 힘이 났으면 좋겠다.

내일은 조용한 섬으로 떠난다는 우리 오빠. 부디 다치지 말고 마음의 평안을 얻고 조금은 가볍게 왔으면 좋겠어. 사실 무겁게 와도 나는 괜찮아. 내가 같이 들어줄게. 언제든 기대고 속상하면 마구 한숨 쉬고 그래도 돼. 해주고 싶은 말이 많은데, 사실 보고 싶다는 말이 가장 하고 싶었어.

여덟 번째 편지

오빠를 알게 된 지 얼마 안 됐을 때, 우리가 연애를 시작한다면 나는 분명 서운해하거나 속상하게 될 일이 많을 거라고 예상했었어. 일 얘기를 하는 오빠의 표정이 진짜 행복해 보였거든. 자신의 삶과 일을 무척이나 사랑하는 사람 같았어. 그러니 연애를 시작한다고 해서 일을 소홀히 한다거나 내가 우선이 될 것 같지는 않더라. 나는 많은 관심이 필요한 사람인데 말이야. 하지만 모순적이게도 나는 오빠의 그런 모습이 멋있어 보였어. 힘들 걸 알면서도 오빠를 계속 만나고 싶어졌어.

(중략)

자기 전에 적은 거라 편지가 나만큼이나 정신이 없지? 그래도 진심은 잘 전달되었을 거라 믿어. 사랑해. 여전히 마주 잡은 손끝만으로도 설레는 마음이야. 2018년 도림천을 함께 걷던 그날처럼.

20XX년 04월 17일 오빠의 여자친구가

아홉 번째 편지

전화를 연결한 상태로 새근새근 잠든 오빠의 숨소리를 듣다가 설레는 마음을 주체할 수 없어 이렇게 또 편지를 써. 남자친구의 숨소리를 들으며 편지를 쓰는 건 처음이야. 이렇게 숨소리만 들리는데도 오빠의 얼굴이 보이고 향수 냄새가 나고 온기도 느껴지는 것 같아. 지금도 편지를 쓰다 멈춰서 휴대전화를 귀 가까이에 대고 오빠의 소리를 듣는 중이야. 아무래도 오빠에게 중독된 게 아닐까 싶어. 참 이상해. 어떤 날은 오빠가 정말 미운데, 어떤 날은 너무 소중하고 귀해. 사실 날이 아니라 매시간 달라지는 것도 같아. 어제는 오빠가 미워서 울고, 오늘은 오빠를 너무 사랑해서 울었어. 나도 수시로 변하는 내 감정을 감당 못 해서 자주 힘든데, 그걸 겪어야 하는 오빠도 많이 힘들지?

우리 오빠, 나에겐 너무 안쓰럽고 가엽고 사랑스럽고 잘해주고 싶다가도 괴롭히고 싶고 밉고 가끔은 멀리 도망치고 싶기도 해. 아무리 싸워도 다음날이면 오빠가 보고 싶고 냉

전이 길어지면 우울하고 종일 걱정도 돼. '싸우지 말자. 화내지 말자. 서운해하지 말자. 사랑하기만 해도 모자란 시간 낭비하지 말자.' 매번 다짐하는데도 마음이 넓지 못한 사람이라서 미안해. 사랑이 쌓여야 하는 공간에 미움을 자꾸만 넣고 있는데도 우리가 1년이 넘게 만나고 있네. 그래서 더 애틋한 것 같아. 안 맞는 게 이렇게나 많은데 우리가 여전히 '우리'라서.

우리가 만난 지 이제 411일이래. 오늘은 내가 잠든 오빠의 숨소리를 들으며 편지를 쓴 기념일이야.

20XX년 10월 26일 오빠의 여자친구가

열 번째 편지

새벽에 잠도 오지 않고 오빠 생각이 밀려와서 오늘도 이렇게 편지를 써. 오빠가 자주 하는 말 기억 나? "너는 나밖에 모르는구나." 말이 씨가 됐나 봐. 정말 오빠 생각밖에 못하는 바보가 된 것 같아.

혼자가 편했던 과거의 나는, 어린 나이에 독립해서인지 사회생활을 빨리 시작해서인지 세상에서 내가 제일 중요하고 소중했어.(가족을 제외하고는.) 내 주변 사람도 너무 사랑하고 소중했지만, 뭐랄까. 아무리 가까운 사이라고 하더라도 나를 힘들게 하면 등 돌릴 만큼 내가 소중했던 것 같아. 그런데 지금의 나는 조금 달라졌어. 철이 들었다 뭐 이런 소리가 아니라 여전히 내 자신이 소중하지만, 가끔은 나보다 오빠가 더 소중해져. 오빠가 힘들면 나도 힘들고 오빠 마음이 아프면 내 마음도 많이 아파. 안 그래도 울보라서 밤마다 우는 게 일상이 됐어. 그래도 한편으로는 다행이다 싶기도 해. 이렇게 힘든 시기에 함께라서. 먹구름이 전부 걷히고 나면 '이것도 다 지나 보니 추억이네.' 하고 웃으며 얘기하는 날이 올 테니까.

나는 오빠가 남들보다 조금 더 어린 나이에 인생의 성장통을 겪는 거라고 생각해. 그러니 시간이 지나면 남들보다 더 큰 사람이 될 거라고 믿어. 세상에서 제일 멋있는 우리 오빠, 그러니까 계속 지금처럼 해요. 나는 오빠의 뒤에서 따라갈게. 내가 많이 응원해. 혼자 버티기 힘들 땐 내 굴에 들어와요. 오빠 자리는 항상 비워둘게. 사랑해.

20XX년 12월 16일 오빠의 여자친구가

열한 번째 편지

여전히 사랑하고 미워하는 오빠에게

우선 생일 진심으로 축하해. 작년 오빠의 생일에도 많이 힘들었던 것 같은데, 올해도 마음이 힘들어 보여서 속상하다. 내년엔 얼마나 행복하려고 이러나 싶어. 이런저런 머리 아픈 생각 않고 함께 웃으면서 축하만 할 수 있었으면 좋겠다. 우리, 정말 오랜 시간을 함께한 것 같아. 단순히 흘러간 세월을 말하는 게 아니라 우리가 겪은 모든 순간들….

서로를 사랑하면서 서로의 삶부터 사람까지, 정말 다양한 일을 겪었네. 참 고맙고 감사하면서도 슬픈 일인 것 같아. 서로를 알아갈수록 우리는 다른 점이 너무 많다는 걸 계속해 깨달았고 여러 상황이 일어날 때마다 부딪혔으니까. 단순히 내 입장일 수 있지만, 오빠는 가끔 나를 잊고 헤쳐나갈 생각만 하는 것 같아. 모든 것이 해결되고 평화가 찾아왔을 때 그곳에 내가 있을 거라고 생각하는 사람처럼 말이야.

나는 우리가 함께 걸어가길 원해. 오빠 혼자 달려가는 곳엔 내가 없을 거야. 나는 언제나 오빠의 옆에 또 뒤에 있을 테니, 우리가 손잡고 있다는 사실을 잊고 전력 질주하지 않았으면 좋겠어. 그렇게 되면 나는 많이 다치고 또 아플 거야. 같이 열심히 달리다가 가끔은 숨도 쉬어 가면서 그렇게 이겨내자. 서로를 알아주고 안아주고 사랑한다면 앞으로 또 어떤 고난이 닥치더라도 나는 오빠의 손을 놓지 않을 거야. 늘 옆에 있으면서 최고의 생일 선물이 되어줄 거야. 소중한 사람을 잊지 않았으면 해. 나에겐 '사람'이 어떤 것보다 귀하고 그중에서도 오빠는 매우 특별한 사람이야.

사랑해. 태어나줘서 고마워.
오빠의 다음 생일도 축하할 수 있기를 바라.

책을 마치며

이 책은 말이 많지만, 속에 담아둔 얘기가 더 많은 사람의 첫 번째 책입니다. 첫 책인 만큼 부끄러운 내용과 필력으로 채워져 있지만, 여전히 저의 진심이 보여 애틋합니다. 처음 출간할 때만 해도 이렇게 많은 분들에게 읽히게 되어 두 번째 에디션까지 나올 줄은 상상도 못 했습니다. 읽어준 모든 분들에게 진심으로 감사합니다. 출판사에서 두 번째 에디션 제안을 했을 때, 새로운 글을 적어야겠다고 생각했습니다. 하나라도 더 주고 싶은 마음에요. 다만, 앞서 말했다시피 처음으로 쓴 책입니다. 그대로 따라 쓰라고 해도 못 할 것 같아요. 조금만 읽어도 부끄러워지네요. 제가 이렇게까지 솔직했나 싶습니다.

그래서 글이 아닌 다른 진심을 넣게 되었습니다. 제가 누군가를 사랑할 때에 적었던 편지 몇 장을 옮겨 적었습니다. 제가 추가로 적게 될 글보다 솔직할 것 같아서요. (훗날 이 편지들도 부끄러워지겠지만요.) 이별 에세이답게 이 책에는 온통 아픈 얘기뿐이지만, 사실 아프기만 한 사랑은 없다고 생각합니다. 어떤 연유로 헤어졌건 좋았던 기억은 남아있습니다. 지금의 저는 저와 헤어진 연인을 미워한다거나 원망하지 않습니다. 단지 행복하기만을 바랍니다.

저는 아쉬웠던 사랑도 아팠던 사랑도 전부 사랑이라고 믿습니다. 그러니 다음에도 최선을 다해서 사랑하겠지요. 이 책을 읽고 마음 아파할 누군가 역시, 그러한 마음이기를 바랍니다. 사랑하며 받을 상처가 무서워 새로운 사랑으로부터 도망치지 마세요. 사랑하세요. 그리고 아파하세요. 제가 그랬던 것처럼 누군가를 계속해 미워하고 또 사랑하기를 진심으로 바랍니다.

2020년 5월
사랑을 담아, 가희 보냄.

답장이 없으면 슬프긴 하겠다

1판 1쇄 발행 2018년 10월 19일
1판 5쇄 발행 2019년 03월 12일
2판 1쇄 발행 2019년 05월 17일
2판 3쇄 발행 2020년 01월 28일
3판 1쇄 발행 2020년 05월 28일
3판 4쇄 발행 2021년 04월 08일

지 은 이 가 희
일러스트 김은송
발 행 인 정영욱

기획편집 정영욱
디 자 인 정영주 정소연

펴낸곳 (주)부크럼
전 화 070-5138-9971~3 (도서기획제작팀)
이메일 editor@bookrum.co.kr
인스타그램 @bookrum.official
블로그 blog.naver.com/s2mfairy
포스트 post.naver.com/s2mfairy

ⓒ 가희, 2018
ISBN 979-11-6214-222-6